U0002837

喜劇大師的13堂幽默課

好萊塢首席脫口秀編劇的教戰手冊

STEP by STEP

TO STAND-UP COMEDY

葛瑞格‧迪恩 Greg Dean ＿＿＿ 著

程璐、馮立文、梁海源 ＿＿＿ 譯

獻給我的母親──

〔∾〕

我仍能聽見您的笑聲。

各界好評推薦

寫給脫口秀入門者最棒的一本書。

——Amazon Review

如果你覺得自己很幽默，你也想讓別人有同樣想法，這正是屬於你的一本書！

——GoodReads Review

如果你正試著理清寫笑話的頭緒，這本書是最好的起點。

——Thor Project

這本書是最包羅萬象且實用的脫口秀藝術書籍。

——bol.com

我很享受笑話解構及理解事物為什麼會好笑。

——Marble Jar blog

出道二十年了，嘗試過各種類型的表演，身為一個表演工作者，終於在今年八月完成我人生第一場單人脫口秀的售票演出，身兼製作人和編導演，在整個過程中遇到了一些問題，確實燒死了不少的腦細胞，但是後來拜讀這本書之後，發現大部分我遇到的問題，都能在這本書中找到答案！想要成為一個優秀的脫口秀演員，或是想要在生活中培養幽默感

的人們有福了，這是一本非常實用的喜劇表演工具書，從劇本的編寫、笑點的鋪陳、表演的技巧，和排練的方法，由淺入深，引人入勝，有許多詳盡的描述和分析，非常實用，值得推薦給大家！

——全方位藝人 唐從聖

作者思路清晰，迅速、直接並有效的分析笑話組成結構與方式。在如何編寫演練一個笑話的實務操作背後，實際是對演說者邏輯思維的訓練。此外也能一窺在美國脫口秀行業的面貌。

——表演藝術工作者 樊光耀

有人說：「幽默感與討喜感是天生的」，讀完本書後發現：「這些看似天賦的 DNA 是可以被學習的。」作者將喜劇創作與表演藝術，用結構化的方式精彩重現，讓素人你我，都能成為幽默，且受歡迎的人。

——企業講師、作家、主持人 謝文憲

〔專文推薦〕
脫穎而出的喜劇教材

史蒂夫・艾倫（Steve Allen）

　　關於喜劇的教材多如牛毛，一毛錢就能買到一打，我自己也寫過兩本。但有些書就是可以在同類書籍中脫穎而出，例如葛瑞格・迪恩的這一本。迪恩的書裡提供了非常有益的指導，很多都是我過去苦心孤詣才學到的教訓，我真希望那時候就有這樣的書籍。

　　我們大部分人都不曾想過對電視維修員、腦科醫生，或者芝加哥熊隊的防守隊員提出專業建議，但顯然我們都認為自己夠資格對艾迪・墨菲（Eddie Murphy）、傑基・梅森（Jackie Mason）或者丹尼斯・米勒（Dennis Miller）提意見。

　　葛瑞格・迪恩知道自己的專長在哪裡，對於觀眾認為什麼樣的故事才有趣，他在書裡提供了非常詳盡且有價值的建議。

（本文作者為美國著名電視主持人）

〔專文推薦〕

從搞笑到爆笑

陸愛玲

　　搞笑也許不難，我們在某些生活情境裡可以遇見這樣的好手。甚或，有時那個人正巧就是自己。但要到簡潔地一個峰迴路轉，一室爆笑，就有學問了。

　　自嘲挖苦，多半被視為幽默，容易引來笑聲而不尷尬。此時，觀眾是隔岸觀火，看著說笑話的人自我揶揄。作者 Greg Dean 這樣表現了他的幽默感：

「我基本上每天早上都能醒過來。」

　　毒舌嘲弄不認識的某人或虛構者，特別是兩性之間，笑聲更大。此時，說笑話的人和觀眾是站在一邊的。

「（傷心地）我老婆和我最好的朋友跑了，天啊！我好想這個哥兒們啊！」

「在四十年的婚姻中我一直深愛著同一個女人，如果被我老婆發現了，她會殺了我的。」

「我女朋友問我：你怎麼知道甚麼時候該抽菸？我說：嗯……每次你一開口說話就該抽了。」

　　真正的笑話不一定能讓人大笑，而是台上、台下心領神會：

　　「我爺爺是在睡眠中安詳地走的。但當時坐在他公車上的孩子們卻嚇得叫個不停。」

　　在敏感議題上，作者小心邊界的幽默詼諧，拿捏好鋪陳與笑點的尺寸，笑點依然可以隨處而生：

　　「你們知道為什麼同性戀那麼會穿衣打扮嗎？你試試二十年都待在衣櫃裡。」
　　「郵局的工作人員其實是很有效率的——當他們用槍的時候。」

　　故事是戲劇的基底元素，在具有縝密結構的戲劇故事裡，言簡意賅有時是重要的，但並不能因此就構成了故事的完整性。笑話則需要言簡意賅，用簡短的語言來揭示故事，轉折要快而準，語言的操作並非易事。前者需要層疊建構，後者需要簡潔而出其不意。笑話不等於脫口秀段子，搞笑不一定上得了台說笑，本書作者以最擅長的「說笑」本事告訴你，凡事成就都需要多一雙眼：敏銳度；加上實際有效的寫作方法，以及一套自我訓練，才能收到觀眾爆笑的最佳回饋。
　　這不只是一本撰寫笑話的入門方法書，還是一本藉著具體表演技巧流程，引導怎麼在舞台上演出的表演教戰書。其特色正是，從怎麼寫出「有效的」笑話，到怎麼演出「令人

難忘的」笑話。

　　本書行文極為口語化，闡述具體而詳細，循序漸進地帶入鋪陳故事與笑點（Punch）的訣竅與方法、說明笑話結構的分解和重組、正反面舉例詳盡實用、代入角色、不斷的叮嚀修改、重讀、再讀的過程的重要性……乃至笑話的排練流程、如何「活」在舞台上。如何通過畫面、聲音、感受去記憶體驗與移情想像，以多重透視的創造不同視角切入，與觀眾面對面即興互動，練習和編排皆可謂精心設計，有一種手把手授藝之感，又十分接近工具書。從這些務實的寫作手段與教學中，我個人尤感興趣的是，作者獨創的「笑話探勘器」原創笑話寫作系統。一方面，揭曉了幾句話完成的笑話段子，原來需要這麼多的自我訓練：寫作實務操作和創作方法，排練流程與舞台表演；另一方面，讓「每個人都可以寫笑話」如同作者所言。讓笑話幽默增添對話喜感、生活樂趣，是拉近關係距離最有效簡單的方法。充分體現了本書要傳達的核心內容與架構：笑話寫作系統與方法，以及從搞笑到爆笑的成功路徑。

　　（本文作者為國立台北藝術大學戲劇系教授、劇場編導）

〔專文推薦〕

喜劇／脫口秀是這個混沌無解的世界中，一種另類的幽默解答

張碩修 Social

　　脫口秀，Stand-up Comedy，也普遍稱作單口喜劇、獨角喜劇，在台灣的發展起點不可考，但可以推知的是，這個表演形式是隨著美國娛樂文化一起傳入台灣的，而且至少在 1980 年代初期就開始有台灣藝人在嘗試這類型表演了。這個本來有機會在歌廳、秀場裡面發展起來的表演形式，隨著秀場文化的式微，也失去了成長的土壤。

　　一直到了 2007 年卡米地喜劇俱樂部成立之後，脫口秀這門藝術才開始有組織和系統地開始發展。但老實說，初期我們大概是以一種胡搞瞎搞的模式在摸索，絕大部分的參考資料，只能從少量的美、英演出影片片段，或是向本地的老外演員觀摩學習，因此所有的方法論都是土法煉鋼而來的。

　　接著，約莫是在 2009 年的夏天，我第一次拜讀這本 Greg Dean 的脫口秀教戰秘笈，一切開始有了轉機。當時台灣的脫口秀還處在萌芽期，非常需要除了實戰以外的理論基礎，而這本書讓我有種「恍然大悟」的感覺，原來脫口秀是要這樣做的啊！

　　以這本書作為核心教材之一，台灣第一個公開招生的脫口秀培訓營也就這麼開始了，第一屆的結業生組成了〈站立

幫〉，他們是東區德、Q毛、黃小胖、大鵬博士、大可愛、馬克吐司，他們也成為接下來十年台灣的脫口秀主力。往後同樣的系統更培養出大家所熟知的博恩、黃豪平、龍龍、賀瓏、酸酸、涵冷娜等人。

有人說，脫口秀是一門宇宙中最奇妙的藝術。雖然這句話有些自賣自誇的嫌疑，但也不無道理，因為脫口秀是一個同樣具備「三位一體」神聖地位的藝術。這「三位」正是：演員、編劇、導演。脫口秀作為喜劇的一種，表演者肯定要是個好演員，而不只是耍耍嘴皮就行；他也通常必須自行編寫腳本，來演繹自身的故事；再來他還要指導自己的演出，修正自己的錯誤。這些功夫成就了「三位一體」的精巧藝術。

各位想想，一般的戲劇演出，演一台戲得動用多少台前幕後的人手，而脫口秀則幾乎賭在喜劇演員一人的身上，所以他的能耐得有多高啊！

在 Greg Dean 之前，寫笑話大多是靠喜劇人自己發想或是神來一筆，而創作方法不出「反邏輯」或「出其不意」這樣的簡單方式，但 Greg Dean 從三十年前開始，用近似化學方程式的公式來剖析笑話的邏輯與結構，讓喜劇的化學變化有了軌跡可尋，從基礎方法開始，教你創作、觀點、態度、表演，這讓他的著作成為了脫口秀從入門到高階的心法集。而這本書不但影響了台灣所有的脫口秀演員，也在中國大陸、甚至全世界扮演著引領的角色，是有志於脫口秀的新人們重要的參考書籍。

喜劇／脫口秀，現在正在浪潮上，因為它代表了自由、開放，以及當代的聲音，更是這個混沌無解的世界中，一種

另類的幽默解答。謝謝脫口秀帶給我們的一切，謝謝 Greg
Dean 與這本書。

（本文作者為卡米地喜劇俱樂部總監）

〔專文推薦〕
脫口秀是種「反言若正」的藝術

黃逸豪

　　說來慚愧，雖然我已經說了十幾年相聲和兩三年的脫口秀，事實上我的表演大多還是建立在大量的閱聽、模仿和舞台實踐上，並未梳理出一套理論基礎。我知道如何說笑話，卻從來不知道這些笑話背後的運作機制為何，這種感覺就像是我經常跑步，卻從不知道我的神經、骨骼、肌肉如何協力運作……開玩笑的……我恨跑步！

　　喜劇大師卓別林曾說過：「喜劇其實是一門很嚴謹的學問，雖然它常常不被重視。這聽起來很矛盾，但卻是現實。拍喜劇必須透徹瞭解角色，並同時保有輕鬆自在、即興發揮的靈活彈性，你必須看起來有點滑稽但其實你超級正經。」

　　說實話，我認為喜劇表演需要相當程度的天份，因為幽默是一件如此纖細的東西，同一個段子，在不同的場合面對不同的觀眾，效果就完全不同，有時只是一個字、一個語氣甚至一個眼神的不同，效果就天差地遠。太多的變數，讓喜劇變得有時「可能」更像是一種擲骰子的遊戲，有些人憑運氣可以常常擲出高點數，而另外有些人就像「賭神」上身一樣，靠技術擲出自己想要的點數。一個單憑運氣的人沒辦法穩定輸出，一個賭技高超的人沒有運氣也贏不了賭局，從運氣到技術，從天份到專業，需要不斷地練習、實踐、試錯、

修正……永無休止的循環。

身為一個相聲及脫口秀演員，我不確定其他演員怎麼想，但每次被人稱讚表演很「搞笑」的時候，我總是不太舒服。對我而言，「搞」笑有種太過刻意的感覺，它可能更適用於演員「踩到香蕉皮摔跤」「踢到小腳趾痛得滿地打滾」「化個濃豔誇張、三十年前就已經過時的彩妝」（沒有貶低的意思，這樣的表演一樣很有娛樂性）的場景。脫口秀並不「搞」笑，認真說起來，它在「搞」的是「觀眾的腦袋」，如何運用語言搞亂觀眾的思維，逆反觀眾的邏輯，透過一系列的「逆反操作」，使觀眾發笑。老子曾經說過：「正言若反」，脫口秀則是種「反言若正」的藝術，明明是一堆幹話，怎麼聽起來這麼有道理？我特別享受這種狀態之下的掌聲。

很多人並沒有把說笑話當成一種真正的專業，比方當某個「冒犯性笑話」進入大眾眼中而遭受批判時，往往會莫名其妙地出現許多「幽默大師」試圖告訴演員「什麼該講什麼不該講」，甚至是「笑話應該怎麼說」，或許這些人也會去試著指導醫生應該如何開刀、工程師應該如何寫 code……當然，身為民主國家的人民，我們都曾經試著指導總統應該如何治國，看來身為總統的「專業」大概和喜劇演員差不多吧！

這本《喜劇大師的 13 堂幽默課：好萊塢首席脫口秀編劇的教戰手冊》在兩岸乃至全球的脫口秀界，早就是聖經一般的存在，我自己在商周出版本書之前就早已拜讀過了，它就像是一本笑話的解剖手冊，鉅細靡遺的告訴讀者，一個笑話從無到有，每一條神經、血管、肌肉應該如何安放、組合、協作，有時甚至會讓你覺得「靠北，說個笑話而已有沒有必

要這麼仔細？」

　　對於那些沒有寫過或表演過笑話的人，我沒有膽量跟你打包票說你一定可以藉由這本書成為一個優秀的喜劇演員（前面說過，這需要一定的天賦和運氣），但起碼你可以知道一個喜劇表演者到底在玩弄些什麼，並更加瞭解脫口秀的內涵，或許偶而在朋友面前抖落幾個令人驚喜的包袱，甚至找個時間上一次 OPEN MIC 的演出，感受一下觀眾的掌聲和笑聲（當然……也不是每次都這麼順利啦……），即便掙不了錢，也還是蠻爽的嘛！

　　而一個會寫笑話、說笑話的人，老實說即便沒有這本書，或許也一樣可以根據自己的經驗和天賦從事表演，就像我們即便摸黑，經過無數次碰撞摸索之後，一樣可以憑著記憶、感官或其他各種輔助找到自己要去的方向，然而這本書就像是在這個漆黑的房間中點了一盞燈，讓我們能知道自己經歷了什麼，以及有什麼其他的可能性。

　　又或者不管你有沒有時間閱讀或練習這本書，你都可以選擇買下它，拿著它隨地「隨意」的瀏覽，等著有緣人詢問你時，很瀟灑的跟他說：「你好，我是名脫口秀演員！」

　　　　　　　　（本文作者為知名相聲演員、脫口秀表演者）

〔專文推薦〕
要死很簡單，但做喜劇很難

黃豪平

「要死很簡單，但做喜劇很難。」這句流傳在喜劇界中的名言，可能是所有喜劇演員夜深人靜想不到段子時，都會抱頭吶喊的要命詛咒——然而，這本書即將扭轉一切。

台灣的脫口秀（我個人還是喜歡叫它單口喜劇）在近年蓬勃發展，雖然未至表演藝術顯學，但也在諸多喜劇新秀如博恩、龍龍、酸酸、黃逸豪（如果可以的話我想列入我本人）於黑暗小舞台表演的喜劇影片，透過各種網路平台廣泛傳播後，讓許多年輕人趨之若鶩、每個週三、週四的晚上跑來以往乏人問津的地下室表演場排隊等著上台，做什麼？當然是「給別人看笑話」。新秀們最常提出的問題就是：「笑話怎麼寫？」從前，我只能給予「從生活出發，寫出情理之中、意料之外的笑話」這樣籠統的意見，然後大家在練習笑話之後給予破碎的建議，但《喜劇大師的13堂幽默課》是以前所未有的系統式教學，引進「笑話探勘器」，讓「量產笑話」不再是夢想，偷偷說，這本書不僅即將拯救脫口秀新手，連老鳥都可以在其中找到重整旗鼓的關鍵！

本書以文學分析的口吻解剖笑話的結構，從零開始教你如何將乏善可陳的「事件」化做天馬行空的「笑話」，透過整本書的訓練，你可以學到如何將一個話題推出喜劇層面上

的深度與廣度，然後找到許多不同詮釋同一個笑話的角度，例如書中關於「視角」的寫作訓練，能讓一個笑話變成多種面向的爭論，畫龍點睛地讓原本七十分的笑話變成九十分（剩下十分請留給演員的自身魅力，例如某些演員最被推崇的某巨大部位優勢⋯⋯我是說眼睛！）有了這本書，不僅能從無到有打造笑話，還能讓舊笑話起死回生，重見天日。

　　喜劇不是胡鬧，它不會比任何表演藝術淺薄，有系統地研究它可能比倚靠本能寫作來得有「笑」率，這本書就是你在喜劇界打滾的生命線、張老師，當你在午夜夢迴困擾於靈感沒來敲門時，不妨好好用功研讀一下，透過大師的思維重整你的大腦喜劇迴路——但如果這麼深入淺出的書你都看不懂，那你就太好笑了⋯⋯咦？好笑？欸，還發呆？快把這個笑話寫下來！

　　　　　　　　　　　　　（本文作者為新生代主持人）

Contents
目錄

鋪陳和笑點

預期和意外

笑話的原理

笑話結構的三大機制

笑話探勘器

笑話寶藏：探索秘密通道

有時候視覺哏有奇效

加上連續笑點

國際演講協會

慈善會議和公民會館聚會

社交派對

公園或大街上

舞廳

13 讓演出錦上添花 275

回顧演出

為每一個笑話評分

改編、重寫和重新安排

再次排練和表演

01

笑話結構的秘密

什麼是笑話？問得好！大多數人會把笑話定義為讓人發笑的話或事。這個定義雖然正確，但並沒有真正說明什麼是笑話，只是描述了應有的效果。如果同一個笑話，有時候講出來會讓大家爆笑，但有時候又會很冷場，那麼它還是一個笑話嗎？

是否引人發笑通常是識別笑話的標準。為什麼呢？因為我們習於藉由一些特定、固有的結構來作出判斷。可惜的是，還沒有人把笑話的結構清晰地表達出來，但這將成為過去。本章的主要內容正是闡述笑話的結構。

鋪陳和笑點

先從多數人已經知道的開始。傳統上，笑話可分為兩部分：

1. 鋪陳
2. 笑點

如這則笑話：

我老婆和我最好的朋友跑了，多麼希望這隻狗對我能忠誠一點！

我設計了一種「笑話圖解」，以視覺輔助的方式說明笑話的結構。若把上述笑話套入圖解一中，可以清楚瞭解什麼是鋪陳和笑點。

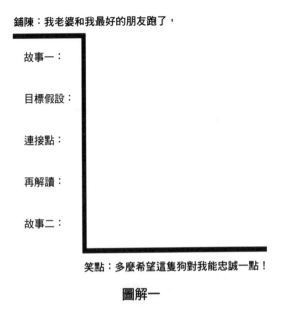

鋪陳：我老婆和我最好的朋友跑了，

故事一：

目標假設：

連接點：

再解讀：

故事二：

笑點：多麼希望這隻狗對我能忠誠一點！

圖解一

我們通常把鋪陳和笑點定義為：

鋪陳是笑話的第一部分，為笑點做準備。
笑點是笑話的第二部分，讓人發笑。

這樣解釋很好，但並沒有什麼幫助。接下來嘗試更清楚的說明。

預期和意外

鋪陳和笑點與預期和意外直接相關。使用剛才的笑話為例，注意圖解二中，鋪陳是如何讓你產生預期的，並在接下

來製造意外：

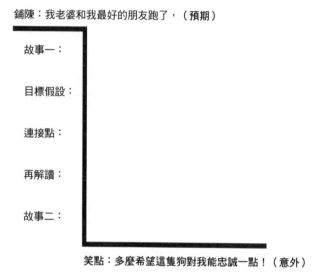

鋪陳：我老婆和我最好的朋友跑了，（預期）

故事一：

目標假設：

連接點：

再解讀：

故事二：

笑點：多麼希望這隻狗對我能忠誠一點！（意外）

圖解二

　　重點在於，笑話要有效果，必須能讓人感到意外，如果不能先形成預期就不可能產生意外。這就是笑話所做的事：讓人預期一件事情，然後用另外一件事情製造意外。所以，以下是修正後的定義。

　　鋪陳製造預期。

　　笑點揭露意外。

　　只瞭解笑話做了什麼是不夠的，還要知道笑話如何寫出來。因為我欣賞你，所以我現在解釋給你聽。

笑話的原理

知道了鋪陳和笑點會創造預期和意外，但他們實際上是如何運作的？在一九八五年十月份的《今日心理學》（*Psychology Today*）雜誌中一篇題為〈笑話〉的文章裡，作者維克托・拉斯金（Victor Raskin）提到「基於劇本的語義學幽默理論」，根據該理論，「句子笑話」有兩個劇本。但因為它是一種語義學理論，僅限應用於詞語及其含義，無法全面應用於肢體喜劇和非語言喜劇，所以我將拉斯金的術語「劇本」改為「故事」，這樣即可把他的理論應用於所有幽默形式，而不僅僅是笑話。透過拉斯金的理論，我發現了笑話結構的第一部分，並由此推演出笑話圖解。

```
┌─ 脫口秀秘訣 01 ▶ ─────────────────

        笑話需要兩條故事線

└──────────────────────────────────
```

聽笑話時，笑話的鋪陳部分在我們的腦海中創造「故事一」，讓我們產生預期，之後笑點用合乎情理而且是預期之外的「故事二」製造意外。

鋪陳創造了故事一：「一個男人因為想他的老婆，所以感到很難過。」我們期待故事會順著這個主題往下走，因此當笑點呈現第二個故事時我們會感到意外：「一個男人很傷心，因為他想念他的狗。」

將這個笑話放在圖解三中，你就能清楚地看到鋪陳和笑

點是如何創造和呈現兩條故事線的。

鋪陳：我老婆和我最好的朋友跑了，

故事一： 他很傷心，因為他的老婆不再愛他，而且還跟他最好的朋友跑了，他心急如焚。

目標假設：

連接點：

再解讀：

故事二： 他很傷心，因為他本來以為即使他的妻子不愛他了，他的狗也還是會對他保持忠誠。

笑點：多麼希望這隻狗對我能忠誠一點！

圖解三

　　如果笑話沒有兩條故事線，第二條故事線沒有因意外產生笑點，那就只是個單一故事，而不是笑話。例如：

　　我老婆和我最好的朋友跑了，多麼希望她能對我保持忠誠。

　　這並不能算是笑話。開始時說一個男人想老婆，結束時也在說同一件事。沒有故事二，就沒有意外，沒有意外就不是笑話。

鋪陳和故事一

故事一和鋪陳有什麼區別呢？事實上，在笑話結構中，這兩個元素有不同的功能。作為笑話的第一部分，鋪陳是讓觀眾產生預期的話語或動作，僅此而已。而故事一是以鋪陳為基礎，由觀眾想像出來的、符合預期的具體情境，用我學生的段子解釋一下：

昨天我不小心開車撞到一個小孩。幸好並不嚴重——沒有人看見我。

當安東尼說：「昨天我不小心開車撞到一個小孩。幸好並不嚴重——」時，這句話僅僅是鋪陳，觀眾聽到鋪陳會想像一個更為具體的故事一。而每個故事一都是觀眾在自己腦海中想像的，我無法知道所有人想像的具體情境，但我的故事一如下頁圖解四。

這是大多數人會想到的故事。由此看得出來，故事一比鋪陳要詳細得多。這些細節從何而來呢？

這個更具體的故事是在所鋪陳資訊的基礎上，透過「假設」建構而來。「假設」能夠讓我們在資訊有限的情況下多少釐清狀況，根據生活經驗，我們會不斷作出這種猜測。因此，故事一自然會比鋪陳包含更多的資訊。

鋪陳：昨天我不小心開車撞到一個小孩。幸好並不嚴重──

故事一：　安東尼開車時，遇到一個小孩跑到路中央，所以他不小心撞上那個小孩了。安東尼是個負責任的好人，他下車確認小孩的狀況。那個小孩沒事，也沒受傷，安東尼鬆了一口氣。

故事二：

笑點：

圖解四

笑點和故事二

　　笑點和故事二的關係類似於鋪陳和故事一的關係。作為笑話的第二部分，笑點是讓觀眾意外的話語或動作，根據笑點，觀眾會想像一個更為具體的故事二。故事二與鋪陳相呼應，但又打破預期。還是用上述笑話的笑點為例，「沒有人看見我」，請看下頁圖解五裡我的故事二。

　　同樣，故事二是比笑點要詳細很多的情境。你的版本可能略有不同，但故事的核心基本一致。我想要強調的是，笑話包含的資訊比鋪陳和笑點的字面意思要多得多，而且是我們假設出來的。

鋪陳：昨天我不小心開車撞到一個小孩。幸好並不嚴重——

故事一： 安東尼開車時，遇到一個小孩跑到路中央，所以他不小心撞上那個小孩了。安東尼是個負責任的好人，他下車確認小孩的狀況。那個小孩沒事，也沒受傷，安東尼鬆了一口氣。

故事二： 安東尼不是個負責任的人，所以他看了看周圍，確定沒有人目擊這場意外。確認後他就迅速從現場逃逸，連確認小孩的狀況都沒有，但他沒有被抓到，所以並不嚴重。

笑點：——沒有人看見我

圖解五

什麼是假設？

抱歉，我假設你知道。「假設」可以是基於想當然、推測、猜想、預測、理論總結、固有習慣得來的任何想法。如果這樣定義讓你感到一頭霧水，請繼續往下讀。

┌─ **脫口秀秘訣 02 ▶** ─────────

任何你想像它存在，但無法感知到的東西，都是「假設」

└──────────────────────────

任何你無法看到、聽到、碰到、嚐到、聞到的東西都以假設的形式存在。它們有可能確實存在，但你沒有直接的證

據證明,而是「假設」。

我們之所以做假設,是因為人類有一種深層的需求,想要把事情弄明白。如果有事情不明白,我們會補充資訊來理清頭緒,且基於過去的經驗做出假設。

以這本書為例,基於過去的經驗你知道這是一本書,而你已經被自己的對書的概念限制住了,所以在讀這一頁時,你就無法閱讀其他頁。這講起來有些複雜,本來就不可能無時無刻感受所有事物,但正因你心中有書的範本,所以你「假設」內容不會結束在這一頁;你「假設」內容是用中文寫的;你「假設」閱讀的方向是由上到下、由左到右;你「假設」自己無法馬上得知書中的所有內容。

做假設並不是壞事。事實上,它完全有必要。想像一下,如果這個世界沒有「假設」,你走樓梯的時候就得非常小心地測試每一步,看看樓梯到底能不能承載你的重量;你得確認每樣東西的背面,保證它有「背面」;你得經常照鏡子來確定你「仍然」是個人類;你每年得打電話給國稅局,確定他們是否還要收你的稅。

我們的視角會限制直接接收到的資訊,我們會用假設填補空隙,並因假設之外的東西而感到意外,這是笑話背後的心理機制。

正如我所提到的,鋪陳與故事一有區別,笑點和故事二有區別,但它們都是笑話結構的必要元素,且顯示了笑話的原理。現在你知道如何寫笑話了嗎?

應該還沒有。

想要學會寫笑話,還需要知道建構和連接故事一和故事

二的三個機制。

笑話結構的三大機制

　　研究笑話的原理，是為了找到讓笑話明確有效果的機制。瞭解這些機制，就能快速掌握笑話寫作的系統工具：笑話探勘器（第二章）。

　　到目前為止，你已經知道鋪陳創造故事一，可以引起觀眾的特定預期，笑點揭露一個讓人意外的故事二。但具體是如何做到的呢？

目標假設與再解讀：對同一件事情的兩種解讀

　　笑話結構的前兩大機制是目標假設和再解讀，兩者互相關聯，目標假設是故事一的關鍵要素，再解讀是故事二的關鍵要素。之所以「互相關聯」，是因為它們各自代表了對同一件事情的不同解讀，目標假設是預期解讀，而再解讀是意外解讀。

目標假設：帶鋪陳的笑話

　　前面討論過，觀眾看到或聽到鋪陳時會透過各種假設來創造故事一。而其中一個假設會成為目標假設。目標假設和其他假設的區別在於它符合兩個獨特標準。

● 目標假設是用來創造故事一的關鍵假設

　　在用來想像故事的所有假設中，有個關鍵假設賦予了故

事一特定的意義。如果沒有做出這個關鍵假設，觀眾會想像
出一個截然不同的故事，而不是讓笑話有效果所需要的故事。

- **目標假設是直接被笑點打破的假設**

　　每個帶鋪陳的笑話都會讓觀眾透過假設想像出故事一，
然後笑點揭露始料未及的故事二，以此打破關鍵假設而給觀
眾帶來意外。例如，上面的笑話中，透過鋪陳做出了各種假
設，但只有目標假設，即「最好的朋友是男人」會被笑點「多
麼希望這隻狗對我能忠誠一點！」直接打破。請看圖解六：

鋪陳：我老婆和我最好的朋友跑了，

故事一：　　　　他很傷心，因為他的老婆不再愛他，而且還
　　　　　　　　跟他最好的朋友跑了，他心急如焚。

目標假設：　　　他最好的朋友是個男人。

連接點：

再解讀：

故事二：　　　　他很傷心，因為他本來以為即使他的妻子不
　　　　　　　　愛他了，他的狗也還是會對他保持忠誠。

笑點：多麼希望這隻狗對我能忠誠一點！

圖解六

再解讀：帶著笑點的笑話

　　我們知道當觀眾通過假設創作故事一時，鋪陳建立了預

期；笑點打破關鍵假設（目標假設）並呈現故事二。笑點通過對鋪陳元素的意外解讀而產生。我們把這種意外解讀稱為「再解讀」，再解讀必須遵守下面的兩條規則：

● **再解讀是對笑點和故事二產生的想法**

就像目標假設創造了故事一那樣，再解讀創造了故事二。如下面這個笑話：

我爺爺是在睡眠中安詳地走的。但當時坐在他公車上的孩子們卻嚇得叫個不停。

再解讀是他睡在公車方向盤上，故事二是爺爺死於車禍，因為他在開車時睡著了，車上的孩子們嚇得叫個不停。這些資訊是通過笑點「但當時坐在他公車上的孩子們卻嚇得叫個不停」傳達出來的。

● **再解讀是對觀眾做出目標假設的鋪陳和所分享資訊的意外解讀。**

在鋪陳中，觀眾針對某個資訊做出目標假設。如果仔細觀察圖解六，會發現鋪陳「最好的朋友」是讓觀眾做出目標假設的資訊──「最好的朋友是個男人」。

「最好的朋友」是鋪陳中的共通要素，而再解讀發現「最好的朋友是一隻狗」。圖解七解釋了再解讀的位置：

鋪陳：我老婆和我最好的朋友跑了，

故事一：　　　他很傷心，因為他的老婆不再愛他，而且還跟他最好的朋友跑了，他心急如焚。

目標假設：　　他最好的朋友是個男人。

連接點：

再解讀：　　　**他最好的朋友是一隻狗。**

故事二：　　　他很傷心，因為他本來以為即使他的妻子不愛他了，他的狗也還是會對他保持忠誠。

笑點：多麼希望這隻狗對我能忠誠一點！

圖解七

同一件事情的兩種解讀對笑話的效果來說非常重要。笑點引發再解讀時，使觀眾得出一種與鋪陳資訊相呼應卻又意外的解讀，因此重新審視自己的假設，發現有誤，從而打破目標假設。

┌── **脫口秀秘訣 03 ▶** ─────────────────────

再解讀的目的是打破目標假設

└──────────────────────────────────────

用意料之外的再解讀打破目標假設，從而創造出驚喜。當你的笑話打破人們的假設，他們就會笑。回顧最初提到的預期與意外，唯有充分理解目標假設和再解讀的機制，笑話

才有效果。

再解讀從何而來？

首先，你必須知道人們對每件事情都有多種可能的解讀。除了假設之外的所有解讀都是再解讀。

為了創作再解讀，有幽默感的人會運用轉換、諷刺、脫軌的一連串想法、妙語如珠、扭曲、嘲笑、矇騙、雙關、開玩笑、惡作劇、模仿、戲弄來產生笑話。

之所以產生「再解讀」，是因為腦中會有其他假設，從而發現或創造出不同解讀。所以，喜劇演員必須對一件事情至少能夠有兩種解讀。

連接點：至少有兩種解讀的事物

笑話的第三個機制是笑話結構的中心，稱為「連接點」，其定義至少有兩種解讀的事物。連接點的第一種解讀可以提供「目標假設」，而另一種則提供「再解讀」。

請注意連接點的定義中提到「至少兩種解讀」，連接點的解讀可能有很多種，最少需要兩個來組成一個笑話，當連接點可以做出多種解讀，這個笑話就可能有多個笑點。

連接點一定會出現在鋪陳和所分享的資訊內容裡，若你想瞭解一句式笑話或沒有鋪陳的笑話，以上是不可或缺的概念。所有笑話都必須要有連接點。這就必須說到連接點的必要條件：

連接點只能講「同一個」事物

將連接點放入圖解八中：

鋪陳：我老婆和我最好的朋友跑了，

故事一：　　他很傷心，因為他的老婆不再愛他，而且還
　　　　　　跟他最好的朋友跑了，他心急如焚。

目標假設：　他最好的朋友是個男人。

連接點：　　鋪陳中的「最好的朋友」

再解讀：　　他最好的朋友是一隻狗。

故事二：　　他很傷心，因為他本來以為即使他的妻子不
　　　　　　愛他了，他的狗也還是會對他保持忠誠。

笑點：多麼希望這隻狗對我能忠誠一點！

圖解八

你可以從以上圖解中看到，連接點「最好的朋友」有兩種解讀，一個是預期中的解讀，也就是目標假設的「男人」；另一個則是意外的解讀，也就是再解讀「狗」。所有喜劇、幽默感和笑話的基礎都是對一項事物的兩種解讀。

笑話裡可以有一個以上的連接點嗎？

可以的，我稱之「複合式笑話」。複合式笑話在鋪陳中有足夠的資訊和雙關去支撐一個笑話中有兩個，甚至三個連接點，也需要更複雜的笑點以包含多種再解讀。

　　複合式笑話比只有一個連接點的笑話好笑很多，想法被鋪陳誤導兩次，再被笑點驚喜了兩次，因此複合式笑話的笑點也比較有力道。

　　例如以下的笑話：

父親節時帶了我的父親出門。我殺了我的神父。[①]

　　在圖解九裡，重點會放在目標假設、連接點及再解讀，以清楚說明我的觀點。

鋪陳：父親節時帶了我的父親出門。

目標假設：	吃晚餐		養育他的男人
連接點：	帶……出門 （take sb/sth out）		父親（father）
再解讀：	殺死		神父

笑點：我殺了我的神父。

圖解九

---

①此笑話原文為：For Father's Day I took my father out. I shot my priest.
　take sb. out 同時有「帶……出門」和「殺死」的意思。
　father 同時有「父親」和「神父」的意思。

這份笑話解析有助於你瞭解像「複合式笑話」這一類的笑話變體。

常識型笑話

在這一章節中會使用「非一句式笑話」來說明，前幾部分使用一句式笑話講解，是因為其結構較於簡單易懂。那麼其他非一句式笑話呢？因為它們是基於特定族群的已存在共同資訊，所以稱之為「常識型笑話」。

其中又分成兩個類型：

不帶鋪陳的笑話

有許多笑話看似不帶鋪陳，但其實它們是有的，只是這些鋪陳不會在表演中出現。此類型笑話的鋪陳是基於已存在的大眾常識、資訊，這也代表笑話的大部分內容，包含鋪陳、目標假設和連接點對觀眾來說都是已知狀態。

常識型笑話包括：諷刺、惡搞、時事評論、當下環境、思想表態等，這些類型都靠人們自行瞭解搞笑的哏。因為目標假設和連接點已經事先存在於觀眾的頭腦中了，所以不需要將鋪陳表演出來。

喜劇演員或編劇必須瞭解含鋪陳的一句式笑話和不含鋪陳笑話之間的差別，這有助於辨認出笑話機制，雖然大部分的笑話結構都以常識呈現，但如果沒有這點認知，將無法進行笑話分析。

我舉一個發生在我身上的例子。有天晚上我坐在一家中餐館裡，我是本地人，其他人大多是亞洲移民，很多人只會

說一點英語或者完全不會說英語。房間的角落裡放著一臺電
視，然後開始播放小丑表演，小丑騎著方形輪子的自行車出
場，大家都笑了起來。無論語言和文化有何不同，每個人都
有一個目標假設，那就是輪子應該是圓的。這是普通常識，
所以無需鋪陳、目標假設，這個笑話要有效果，只需要想出
一個再解讀，即方形的輪子，再表演出笑點（小丑騎方形輪
子的自行車）就能得到笑聲。

　　看見方形輪子的自行車會使觀眾重新評估目標假設，即
「自行車的輪子是圓的」，而後打破原先假設。不論有多誇張，
自行車都不可能是方形輪子，所以當小丑打破這個假設時，
觀眾就笑了。用圖解十來說明這個笑話：

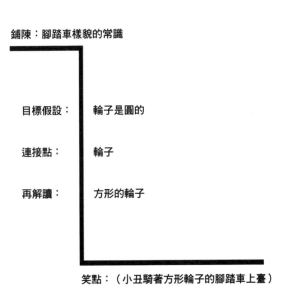

鋪陳：腳踏車樣貌的常識

目標假設：　　輪子是圓的

連接點：　　　輪子

再解讀：　　　方形的輪子

笑點：（小丑騎著方形輪子的腳踏車上臺）

圖解十

　　很多笑話的目標假設是基於大多數人接受的物理法則、社會偏見、文化和國家預設、廣泛的定義、刻板印象和熟悉的環境等。每天，人們都會不自覺地做幾百萬個假設，這些無意識的假設就是不帶鋪陳笑話的出發點。要寫出不帶鋪陳的笑話，就必須先學會識別大眾已知的假設，再找出或創造一個再解讀。

不帶笑點的笑話

　　你可能在想：「如果笑點必須有再解讀，那些沒有笑點的笑話呢？」聽起來可能很怪，但有些笑話確實沒有形式上的笑點。如下面這個鋪陳直接帶出明顯笑點的例子：

　　　　小兔子說：「我是兔娘養的！」
　　　　小豬說：「我是豬娘養的！」
　　　　小雞說：「我是雞娘養的！」
　　　　小狗說：「我是⋯⋯」

　　你會怎麼接這個笑話？我跟你一樣！將這個笑話套入下頁圖解十一中。

　　這一類型的笑話需要特殊鋪陳，以便操縱觀眾至一個特定的再解讀和笑點，在上述笑話中，三組「⋯⋯娘養的」詞組帶來的韻律感，促使觀眾持續同一模式，因此從再解讀的「狗娘」，帶領觀眾到隱藏的再解讀「粗俗詞語」，且對打破了目標假設「母親」、未表演出來的笑點發笑。

　　請注意，即使這則笑話使觀眾自己提供了笑點，但目標

鋪陳：
小兔子說：「我是兔娘養的！」
小豬說：「我是豬娘養的！」
小雞說：「我是雞娘養的！」
小狗說：「我是……」

目標假設：　　母親

連接點：　　　狗娘

再解讀：　　　粗俗詞語

沒表演出來的笑點：狗娘養的

圖解十一

假設、連接點及再解讀的機制仍然存在。

　　許多人常誤會連接點一定是「單詞」，甚至還有人將其定義記成「有兩種解讀的一個詞」。本書運用的大多是單詞連接點，因為說明起來較為簡單易懂，其他類型的連接點就需要冗長的說明了。

　　是的，單詞時常用來當一句式笑話裡的連接點，這時鋪陳會用不明確的詞語製造出誤解。前面將連接點定義為「至少有兩種解讀」，因為它可以是宇宙中的「任何事物」，打開你的思想和幽默感吧！

　　既然任何事物都可能成為連接點，難就難在把它找出來。前面說明再解讀時曾討論過，有些詞有多個解讀，可成為不錯的連接點。

　　不是所有的笑話都由詞語和物件構成，有個默劇片的例子，其中只用到肢體語言作為連接點。想像以下情景：一個富有的酒鬼在起居室發現了一張紙條，是他妻子留下的，上面寫著除非丈夫不再喝酒，否則她就不會回來。他轉身背對鏡頭，並走到一個酒櫃前，低著頭，肩膀開始斷斷續續地上下顫動。他在抽泣嗎？因為失去了妻子而哭泣？

　　不，他轉過身來，我們看到他正在搖晃馬丁尼的調酒杯呢！請看圖解十二：

鋪陳：一個富有的酒鬼在起居室發現了一張紙條，是他妻子留下的，上面寫著除非丈夫不再喝酒，否則她就不會回來。他轉身背對鏡頭，並走到一個酒櫃前，低著頭，肩膀開始斷斷續續地上下顫動。

目標假設：　他正在哭泣。

連接點：　他肩膀的顫動。

再解讀：　他在製作一杯調酒。

笑點：（他轉過身來，我們看到他正在搖晃馬丁尼的調酒杯呢！）

圖解十二

　　這是一個完美的笑話結構，它只用到了肢體語言，連接點就是「肩膀的顫動」。這個動作引發觀眾做出目標假設，即「他正在哭泣」。然後「肩膀的顫動」被再解讀，最後揭露他正在製作一杯調酒。順帶一提，這一情景源自英國喜劇演員查理・卓別林（Charlie Chaplin）的電影《有閒階級》（*The Idle Class*）。

　　你肯定會想：「這很棒，但並不是所有的笑話都遵循這樣的結構。」對此我不敢苟同。其實，這世界上的喜劇、笑話基礎結構都一樣，這正是人類腦袋理解的「好笑」。

┌─ **脫口秀秘訣 04 ▶** ─────────────────
│
│　　所有喜劇、笑話的核心概念都是對同一件事物的
│　　　　　　　　　　至少兩種解讀
│
└──────────────────────────────

　　其實，笑話的基礎結構是一樣的，無論來自文學作品的智慧、小丑的滑稽表演、情境喜劇的臺詞、黃色笑話、意外的幽默諷刺、有趣的謎語、派對上不負責任的評論，或是沒有明顯鋪陳和笑點的段子，它們潛在的結構都是相同的。

　　識別基礎結構很困難，因為笑話的格式變化多端，而結構也經常被表演者的個性掩蓋，深藏在文化、民族的預設之中，或隱藏在多層內涵之下，融入個人的表達風格中。但是無論如何變化，故事一、目標假設、連接點、故事二和再解讀，它們對於建構笑話來說都是關鍵。想要掌握笑話，遲早得熟識它們，到時笑話的全新宇宙將為你敞開大門。

　　這一章討論了許多笑話元素——從鋪陳到笑點，以及它們和故事一、二之間的關係。接著談到了笑話結構的三個機制，解釋了帶有目標假設的連接點，運用再解讀粉碎原先的目標假設，進而造成觀眾笑點。

　　在繼續閱讀第二章之前，你必須徹底理解笑話結構的運作機制。如果還沒理解，請重讀這一章直到明白為止，因為這些都是鑽研笑話寫作，尤其是「笑話探勘器」不可或缺的工具。明白了笑話的運作方式，就能透過基礎結構找到事物中蘊藏的幽默。

02

笑話寫作

　　這一章開始前，先回答一個常聽到的問題：是不是每個人都可以學習寫笑話呢？是的！

　　笑話寫作似乎總是籠罩著一層神秘的光環，好像它充滿了某種力量，只有那些被喜劇界的繆斯「塔麗亞」（Thalia）保佑的人，才寫得出笑話。其實每個人都有幽默的時候，即便是偶然，雖然不清楚自己是怎麼把笑話講出來的，不代表不是在創作笑話。這一章將介紹如何把精彩的偶發事件變成隨心所欲的創作。

　　還不相信？好吧。思考一下這件事：前面的章節提到，笑話都有非常容易辨識的結構，如果是這樣，那就意味著笑話寫作是可行的。

　　任何的笑話寫作系統都可以寫出「一句式笑話」（one-liner）。有趣的是，世界上大部分的笑話都是在社交場合產生的無鋪陳笑話。但若想學無鋪陳笑話，就必須對「有鋪陳笑話」的結構和組成有初步的瞭解。笑話探勘器專門針對此類笑話，一旦理解了有鋪陳笑話，去寫無鋪陳笑話的時候，就會容易很多，而且最終還能發展為脫口秀表演。

　　首先要介紹，什麼是「笑話探勘器」。

笑話探勘器

　　這是一個原創笑話寫作系統，它能帶你從笑話話題開始，一步步寫出完整笑話。之所以將其命名為「笑話探勘器」，是因為它由兩個部分組成：「笑話地圖」和「笑話寶藏」。

　　「笑話地圖」的目的是選定一個話題、定義一個笑點前

提與鋪陳前提,然後從這個創意出發寫出笑話鋪陳。而「笑話寶藏」則是深挖一個鋪陳,並利用目標假設、連接點和再解讀來創造一個笑點。

笑話探勘器也是一個逐步創作笑話的系統,它說明了笑話是如何在腦袋裡成型。你需要透過學習加以掌握,但是請放心,一旦掌握了笑話探勘器的基本要領,就能源源不斷地創造出笑話。

從教學角度來講,從為鋪陳寫笑點開始學習,會對建構笑話的流程更清楚,所以從笑話寶藏開始。學完笑話寶藏的原理,可以完成附錄一的作業,為裡面的鋪陳寫笑點。當有了一定的笑點寫作經驗,再去學習使用笑話地圖,選擇話題和寫鋪陳會容易很多,這樣也能用笑話寶藏為鋪陳寫出更多笑點(關於笑話探勘器的更多練習參見附錄二)。

笑話寶藏:探索秘密通道

挖掘笑話寶藏,就是透過一個從鋪陳到笑點的秘密通道來學習寫笑話的過程。大多數人都不知道這個通道,即便知道,蜿蜒曲折的道路也可能把你帶到一個意想不到的地方。當然這也是笑話寶藏之旅的樂趣所在,猶如《愛麗絲夢遊仙境》一樣,進入兔子洞的時候,會發現一個讓人「越來越好奇」的世界。那要怎麼挖掘出秘密通道呢?

脫口秀秘訣 05 ▶

透過提問來探索笑話通道

　　提問是探索笑話通道最好的方式，它能幫助你更有目的地探索。剛開始寫笑話的時候，大家往往只會不斷地複述腦袋裡的東西，並就此困於其中。例如：「這個事情有什麼有趣的地方？」或者：「笑點在哪裡？」這樣的提問只會問到無路可走。

　　如果發現了一個通道能把你帶到笑話寶藏，就應該在寶藏周圍再多挖幾下，而不僅僅是在同一個地方挖掘。你的腦袋需要持續有新的資訊來尋找幽默，如果陷入自我對話的迴圈，資訊的流動就會終止。提問會幫你找到答案，而每個答案會帶你走得更遠或者進入完全不同的軌道。你不會提前知道哪個通道會帶你找到喜歡的笑點，所以秘訣在於提出大量問題，任何一個探索都會比困在原地一遍又一遍地重複同樣的話要好得多。任何一個探索都會比困在原地一遍又一遍地重複同樣的話要好得多。任何一個探索都會比困在原地……你懂的。

　　要獲得笑話的原始素材，必須按照順序完成以下步驟，而完成的方式就是提問。過程中，任何一步都可以提出至少一個問題。很多脫口秀演員根本沒有意識到他們在問自己問題，其實有意或無意間都在做這件事，要不然，脫口秀演員怎麼可能持續不斷地有新靈感來寫出新段子呢？從現在開始

有意識地提問，學會這麼做之後，你可能會挖到很多寶藏，讓自己和觀眾都大吃一驚。

　　笑話探勘器的第二部分「笑話寶藏」，五個步驟帶你從秘密通道挖掘鋪陳至笑點，每個步驟都需要回答一個問題（你也可以嘗試自己創作），而答案會帶你深入挖掘直到浮現出完整笑話。

　　接下來逐步學習如何使用這些方法創作出原創笑話。笑話寶藏的步驟如下：

- 第一步　選擇一個鋪陳，列出各種假設：「對於這個說法我有什麼樣的假設？」
- 第二步　選擇一個目標假設，找出連接點：「是什麼使我產生這個目標假設的？」
- 第三步　列出幾個對連接點的再解讀：「除了目標假設以外，還有什麼針對這個連接點的再解讀？」
- 第四步　選擇一個再解讀，完成故事二：「關於這個鋪陳，有什麼具體的情境可以解釋我的再解讀？」
- 第五步　寫一個笑點來闡述故事二：「在鋪陳之餘，還需要什麼資訊來傳達我的故事二？」

從鋪陳到笑點

　　當你在笑話寶藏中穿行的時候，需要明白一件事。如果你在這過程中的任何一個環節，想到了一個笑話，把它記下來。這個系統的目的是製造素材，不管你是在何時、用何種方式來完成的，好笑話就是好笑話。這個笑話是走完笑話寶

藏的所有步驟產生的，還是在第一步就蹦出來，甚至是從一些隨機的想法中誕生的，都不重要，只要你認為是一個好的點子或笑話，就把它寫下來。

開始挖掘笑話寶藏吧！

第一步　選擇一個鋪陳，列出各種假設：「對於這個說法我有什麼樣的假設？」

今天早上我起床跑了五公里。

雖然可能沒有意識到，但你此時已經對這個鋪陳做出了「假設」。要找出假設的內容，得回頭去看故事一中的細節，鋪陳實際說的內容與故事一的任何不同之處，都是假設。現在請回答這一步驟的問題：

Q：對於這個說法我做出了什麼樣的假設？

A：我假設，

　　a. 他跑步是為了鍛練。

　　b. 他並沒有誇大他跑步的距離。

　　c. 他是在外面跑的。

　　d.「我跑」意味著是他親自跑的。

這些假設不是唯一，也不必是正確的假設。在處理每個步驟的問題時，順手把你的答案都寫下來，不要試圖把它們留在腦海裡。很多人會自動通過零星收集的「假設」而發想

到一些笑話，如果你也是如此，記得把這些內容寫下來。

第二步　選擇一個目標假設，找出連接點：「是什麼使我產生這個目標假設的？」

我腦海中自然浮現的假設是 a，因為對我來說這最容易聯想到。

當考量該選擇哪個假設做為目標假設時，選擇最適合產生笑點的內容。如果你發現自己被某個目標吸引，相信直覺，意識到一個目標的再解讀有喜劇化的可能時，選擇這個目標就對了。

通常，最容易聯想到的假設是目標假設的最佳選擇，因為這也是在陳述鋪陳時每個人都能聯想到的內容。記住一點，你最終得打破觀眾腦海中的假設，如果選擇一個大多數觀眾不太可能做出的模糊假設，要打破它是不太可能的。

一旦選擇好了目標假設，必須找到做出目標假設的重點，即連接點，這是此系統裡最重要也是最困難的部分。找出連接點，所有的後續步驟都是這一步的延伸。你需要花一點時間來評估想法：你是怎麼走到這個點的？在鋪陳裡有一些對做出目標假設來說必不可少的要素。這些要素是什麼呢？找出它們的最佳工具就是提問：

Q：是什麼使我做出這樣的目標假設呢？
A：如果我的目標假設是「他跑步是為了鍛練」，那麼我做出這種假設的原因是「他跑步的理由」。
連接點：他跑步的理由。

　　「他跑步的理由」是連接點，也就是使你做出此目標假設的內容。在下一個步驟中，我們會列出此連接點的其他再解讀，說明了「他跑步的理由」這個說法，至少有兩個不同方向的解釋。

　　以下圖解了這個系統如何逐步為笑話的各部分提供材料（見圖解十三）。

鋪陳：今天早上我起床跑了五公里。

故事一：	他是一個注重健康的人，且非常自律地每天早上起床跑步健身。
目標假設：	他跑步是為了鍛鍊。
連接點：	他跑步的理由。
再解讀：	？
故事二：	？

笑點：？

圖解十三

第三步　列出幾個對連接點的再解讀：「除了目標假設以外，還有什麼針對這個連接點的再解讀？」

　　現在尋找對於連接點「他跑步的理由」的其他解讀。再解讀越有差異越好，請試著想像不同場景，然後回答關於這個步驟的問題。

Q：除了這個目標假設，還有什麼針對連接點（他跑步的理由）的再解讀？

A：針對「他跑了五公里」這個話題，其他可能的再解讀有：

　a. 他中途退出了長跑比賽。

　b. 因為被強行拖走。

　c. 因為他的車跑了。

　d. 因為他的狗拉著他。

　　請記住，這裡並沒有所謂「唯一的解讀」，也沒有「正確的解讀」。上面的清單可以更長，同時，如果出現一些看似很傻、很奇怪，甚至難以置信的鋪陳相關解讀，都是正常的。在挖礦時，也不是所有方法都會讓你挖到礦石，這就帶領我們進入下一個步驟。

第四步　選擇一個再解讀，完成故事二：「關於這個鋪陳，有什麼具體的情境可以解釋我的再解讀？」

　　在這一步，選擇了上表裡的一個選項，它變成了你笑話裡的再解讀。我選擇的是 a：

　　再解讀：他中途退出了長跑比賽。

　　這個再解讀本身並不是一個笑點，但它是故事二的中心概念。特別注意，這個再解讀要與鋪陳有關聯：

今天早上我起床跑了五公里。然後中途退出了長跑比賽。

因為對於笑點來說，不是所有的再解讀都合情合理，所以確認是否有關聯十分重要。為了設計一個故事二，必須從各種情境中找出能夠解釋或驗證此再解讀的情境。而這個步驟需要問的問題數量不一，如果在過程中突然想到有效果的笑點，把它寫下來。不過，最好的方式還是一直深度挖掘問題，直到找到需要的故事和場景為止。來看一下這個步驟：

Q：有什麼跟這個鋪陳相關的具體場景能解釋我的再解讀呢？

故事二：他為參加馬拉松比賽已經訓練幾個月了，但他還無法完成比賽，所以在跑了五公里後就退出比賽了。

如果有其他不同的點子能合理解釋，為什麼他在跑了五公里後就退出比賽的話，也可以列出來。在笑話結構中，觀眾聽見笑點，會想像出一個故事二，但在寫笑話的時候，故事二會出現在創作者的腦海裡，必須將它濃縮成一個笑點。圖解十四說明了這一點：

現在我們已經準備好挖掘出笑點了。

第五步　寫一個笑點來闡述故事二：「在鋪陳之餘，還需要什麼資訊來傳達我的故事二？」

鋪陳：今天早上我起床跑了五公里。

故事一：　他是一個注重健康的人，且非常自律地每天早上起床跑步健身。

目標假設：　他跑步是為了鍛練。

連接點：　他跑步的理由。

再解讀：　他中途退出了長跑比賽。

故事二：　他為參加馬拉松比賽已經訓練幾個月了，但他還無法完成比賽，所以在跑了五公里後就退出比賽了。

笑點：？

圖解十四

　　有很多的途徑能讓故事二構成一個笑點，除了決定笑點表達的內容之外，你還需要測試該如何敘述或表演故事二。提問是找到這些靈感的最佳途徑，因此跟隨著這個步驟，接下來用更多的問題作為工具，不停地挖掘，直到得到一塊寶石為止。

Q：除了鋪陳以外，需要什麼資訊才能讓故事二清晰地表達出來呢？

A：在跑到五公里的時候後他就決定退出馬拉松比賽了。

　　這是笑點所要包含的資訊，必須非常有效果及簡明扼要，因此寫一個好笑點，在某種程度上等同於解開了一個謎，這只是清晰表達故事二的基本方法。

　　今天早上我起床跑了五公里，在那時我馬上就決定退出馬拉松比賽了。

　　加分題：這個笑點內容太冗長，試著找找看哪些字需要刪除。

　　今天早上起床跑了五公里。我馬上就退出馬拉松比賽了。

　　該如何判斷哪些是準確的笑點用詞呢？用幽默感做為嚮導吧！嘗試不同版本，最後選擇出最好笑的表達方式。

　　圖解十五示範了笑話的最終版本。我們可以藉此圖回顧所有步驟，並且觀察從鋪陳到笑點的喜劇邏輯。

　　如果你可以讓觀眾透過肢體語言就進入情境，那麼這就是故事二所需的全部元素了，要達到這目標並沒有所謂「正確途徑」。

笑話寶藏的選擇：探索其他通道

　　當無論如何表達或表演你的笑點，都覺得不夠好的時候怎麼辦？或者被困在一個通道裡，無論多麼努力都找不到出路的時候怎麼辦？

鋪陳：今天早上我起床跑了五公里。

故事一： 他是一個注重健康的人，且非常自律地每天早上起床跑步健身。

目標假設： 他跑步是為了鍛練。

連接點： 他跑步的理由。

再解讀： 他中途退出了長跑比賽。

故事二： 他為參加馬拉松比賽已經訓練幾個月了，但他還無法完成比賽，所以在跑了五公里後就退出比賽了。

笑點：我馬上就退出馬拉松比賽了。

圖解十五

　　當你被困住或想不到一個喜歡的笑話時，無須驚慌，只需要回到第四步，然後選擇另外一個再解讀，直到找出一個能讓你發笑的內容為止。如果還是覺得無法釋懷，原路返回至第二步，選擇另外一個目標假設。每一個新通道都有可能帶來令人滿意的段子。

回到第四步：選擇一個不同的再解讀

　　這個方法能讓你在想要改變方向時，都能找到足夠多的新通道。鋪陳如下：

　　今天早上我起床跑了五公里。

以下是從前面三步得到的資訊：

目標假設：他跑步是為了鍛練。

連接點：他跑步的理由。

再解讀：

　　a. 他中途退出了長跑比賽。

　　b. 因為被強行拖走。

　　c. 因為他的車跑了。

　　d. 因為他的狗拉著他。

- **第四步　選擇一個再解讀，完成故事二：「關於這個鋪陳，有什麼具體的情境可以解釋我的再解讀？」**

　這一次從可能的選項中選擇 b。

再解讀：他跑是因為被強行拖走。

現在提出以下問題：

Q：與鋪陳連結，哪個具體的情況可以解釋我的再解讀？

A：他可能是被一輛火車拖著走的。

在問了一連串的問題後，我嘗試擬出一個使再解讀成立的故事二，並想到了下面這個方向：

故事二：當他在火車上的時候，掉出了臥鋪車廂，掛在

門上，於是他必須跟著火車跑。

● 第五步　寫一個笑點來闡述故事二：「在鋪陳之餘，還需要什麼資訊來傳達我的故事二？」

做為回答，我寫了以下笑點：

今天早上我起床跑了五公里。當時我在火車上，在床上翻了個身，結果掉出了臥鋪車廂，而我的睡衣勾在車門上。

從專業的觀點來看，這爛透了，且完全不可信，我不會去表演或者向其他人承認這個笑話是我寫的。這也說明了探尋寶石的時候，有時只能發現一些破銅爛鐵。畢竟，我不想給你「這個系統產生的笑話全都是很棒的笑話」這樣的印象，有些笑話會很棒，有些一般般，而有些只能扔掉。創作笑話本來就該這樣，關鍵在於：要有多種選擇。

透過這個例子，看到一個非常糟糕的笑話，但是，若能用一個不同的再解讀或目標假設，有可能會得到更好的內容，因此我們再回到第四步選擇另一個再解讀試試看。

重新回到第四步

● 第四步　選擇一個再解讀，完成故事二：「關於這個鋪陳，有什麼具體的情境可以解釋我的再解讀？」

瀏覽一下選項，選擇再解讀 c。

再解讀：他跑是因為他的汽車跑了。

在提出問題後，我又以講述者去追他的汽車做為結尾問了幾個問題，並得出了：

故事二：他的車熄火了，當他想要推動車子來啟動時，車沿著下坡路跑了，於是他只好去追車。

這是個好故事，但它和鋪陳裡提到講述者剛醒來的情節有衝突，鋪陳暗示他在臥室而不是外面的汽車裡。不用擔心這一點，接下來你就知道原因了。

● **第五步　寫一個笑點來闡述故事二：「在鋪陳之餘，還需要什麼資訊來傳達我的故事二？」**

回答這個問題有助於創作笑點，更有效果地闡述故事二，鋪陳也做了調整，讓它更適合故事二。得到的笑話如下：

今天早上我起床，出門，然後跑了五公里。我得到一個教訓：當你的車停在山坡上的時候，千萬不要用推的方式來發動車。

下頁的圖解十六說明了這個笑話。

有時候，你會想到一個非常棒的故事二，但它和鋪陳裡的若干細節有衝突。在這種情況下，可以為這個笑話做出調整。笑話寫作沒有什麼是一成不變的，這是你的笑話，你能用任何方法讓它變得更適合你。以這個笑話來說，在鋪陳中加上「出門」兩字便讓講述者出現在室外，並且暗示了他不

鋪陳：今天早上我起床跑了五公里。

故事一： 他是一個注重健康的人，且非常自律地每天早上起床跑步健身。

目標假設： 他跑步是為了鍛練。

連接點： 他跑步的理由。

再解讀： 他跑是因為他的汽車跑了。

故事二： 他的車熄火了，當他想要推動車子來啟動時，車沿著下坡路跑了，於是他只好去追車。

笑點：當你的車停在山坡上的時候，千萬不要用推的方式來發動車。

圖解十六

是剛從床上衝出來的，這就達到目的了。同時，它也沒有改變故事一、目標假設，以及連接點。

要在一開始就把寫作和修改笑話的所有方法都講完是不可能的，所以我退而求其次——鼓勵大家嘗試。

我們透過挖掘不同通道，已經完成兩個不錯的笑話了，假如你仍不滿意笑點，會怎麼做呢？可以沿原路返回至第二步再選擇一個不同的目標假設。

回到第二步：選擇一個目標假設

原始的鋪陳如下。

今天早上我起床跑了五公里。

以下是在第一步列出來的一系列假設。

目標假設：

    a. 他跑步是為了鍛練。

    b. 他並沒有誇大他跑步的距離。

    c. 他是在外面跑的。

    d.「我跑」意味著是他親自跑的。

請特別注意：如何透過選擇不同的目標假設，來得到不同的笑點。

• 第二步　選擇一個目標假設，找出連接點：「是什麼使我產生這個目標假設的？」

這一次我將嘗試目標假設 d。

目標假設：他沒有撒謊。

Q：是什麼令我產生這個目標假設的？

A：他的溝通方式。

連接點：溝通方式。

我知道「溝通方式」是連接點，這使我產生「他沒有撒謊」這個目標假設。

- **第三步　列出幾個對連接點的再解讀：「除了目標假設以外，還有什麼針對這個連接點的再解讀？」**

  我只能想到一個：

  再解讀 a：他在撒謊，實際上他並沒有跑那麼遠或根本沒有跑。

  有時所有可能的再解讀只有一個。

- **第四步　選擇一個再解讀，完成故事二：「關於這個鋪陳，有什麼具體的情境可以解釋我的再解讀？」**

  嗯……那麼我就選擇這個 a 吧。

  再解讀：他在撒謊，實際上他並沒有跑那麼遠或根本沒有跑。

  在多問幾個問題後得到了一些細節，這樣就能創造一個有可信度的故事二，來解釋這個傢伙如何在完全沒有跑五公里的情況下，說他跑了五公里。

  故事二：他在吹噓自己是多麼富有，還能夠請其他人來代跑。

- **第五步　寫一個笑點來闡述故事二：「在鋪陳之餘，還需要什麼資訊來傳達我的故事二？」**

在嘗試回答時我寫下了這個笑話：

今天早上我起床跑了五公里。當然，並不是我親自跑的，而是花錢請了個人代跑。

圖解十七解釋了整個笑話。

鋪陳：今天早上我起床跑了五公里。

故事一：	他是一個注重健康的人，且非常自律地每天早上起床跑步健身。
目標假設：	他沒有撒謊。
連接點：	「我起床跑了五公里。」
再解讀：	他在撒謊。
故事二：	他富有到能夠請其他人來代跑。

笑點：「當然，並不是我親自跑的，而是花錢請了個人代跑。」

圖解十七

這個笑話不錯，尤其是對於一些胖胖的脫口秀演員來說更有效果。知名喜劇演員路易・安德森（Louie Anderson）就很有可能會透過這個笑話獲得不少的笑聲。這個例子告訴了我們如何回到步驟二來選擇一個不同的目標假設，進而得到不一樣的笑話。

　　如果在透過不同再解讀或目標假設來探索不同的通道以後，你仍然沒有收穫，或者不喜歡取得的笑點該怎麼辦？在下一章中，會講到如何選擇另外一個鋪陳。

　　到現在為止，我們已從同一個鋪陳中成功得到了幾個不錯的笑點，這就是使用這個系統的魅力：你不需要乾坐著等待靈感出現。當然你仍有可能在系統之外想到一些笑話，但如果你每天都得寫笑話，或者有時急需一些好笑的點子，你會知道如何透過這個方法來找到靈感。

　　只要想像力夠豐富，這個「笑話寶藏」絕對能提供許多通道供你探索，還能靈活幫助你表達幽默感，你只需要花一點時間來挖掘它。

　　你已經學會了笑話中的各個元素，現在是時候來探索鋪陳和笑點之間的秘密通道了。你可以用本書的附錄一來練習。

03

寫什麼樣的笑話

　　每一個職業喜劇演員都曾經被問過：「你從哪裡得到創作靈感？」答案當然是：「從我的生活裡。」之所以這樣說，是因為人們對「你的生活」一無所知。

　　有一句關於寫作的老話叫作「寫你所知」，確實如此。仔細想想，除了自己所知道的，還能寫什麼呢？藝術家擁有一件其他人都沒有的寶貝，就是「自己的觀點」。因此，強烈建議根據自己的生活來創作，寫你觀察到的東西；寫你感興趣的內容；寫你自己的觀點和感覺。告訴你一個真相：觀眾是否同意你的觀點並不重要。很多藝術家，從李察·普瑞爾（Richard Pryor）[1]到比爾·伯爾（Bill Burr）[2]，都曾經對自己的同胞出言不遜，但他們說的都是自己想說的話，最後也有非常多人對他們的話熱烈反響。

　　而有一種內容你永遠不該嘗試，那就是寫「你猜觀眾可能覺得很好笑的事」。專門寫這種內容的人，叫作寫手。至於你真正要在意的是觀眾是否明白你在說什麼，當你考慮什麼內容好玩、讓人感興趣、認為重要，或只是值得去講，請記得一定要根據自身敏銳度做出判斷。如果你真的覺得麥克雞塊、經前症候群、放屁、上廁所、鼻屎或是丁字褲這類主題非常好笑，大可就去寫相關笑話，但千萬不要只是因為聽到別人以它們逗人發笑而跟著這麼做。

　　很多脫口秀演員從來不刻意選擇該寫什麼笑話，他們只會等待靈感出現，當腦海裡突然閃過好玩念頭時，一段新脫

---

[1] 很多人認為他是史上最出色的脫口秀演員，另一位著名脫口秀演員傑里·賽恩菲爾德（Jerry Seinfeld）曾經稱他為「我們這一行的畢卡索」。
[2] 知名美國脫口秀喜劇演員、演員、電視電影製作人。

口秀就會形成。然後，因為他們不知道其他的創作方法，所以直到下一次靈感再現之前，他們的思路枯竭，只能依賴偶然冒出的念頭。

靈感無疑是創作笑話的最好方法，直覺性的題材發自內心，坦誠自然，據此創作的笑話通常也有清晰的結構。但如果你想擁有隨時為自己選定的主題創作笑話的能力，就要掌握方法。而我剛好知道一個方法：笑話探勘器。

笑話地圖

在笑話探勘器這個創作系統裡，你已經會用「笑話寶藏」為鋪陳找到笑點了。現在要解釋什麼是「笑話地圖」，這能幫你在生活中探尋原始題材，並為笑話找到鋪陳。接著，再使用「笑話寶藏」為鋪陳找到笑點。如果你是從零開始的初學者，當意識到自己可以根據任何題材創作笑話時，肯定欣喜若狂。「笑話地圖」能將事情從概述變為具體，這點非常重要。

┌─ **脫口秀秘訣 06 ▶** ──────────────

笑話都蘊藏在細節裡

└──────────────────────────────

這個秘訣的重要性必須用力強調。當我的學生創作遇到困難時，通常都是因為他們想從廣泛的層面尋找笑話題材，其實只要探索細節，就會發現寶藏。「演技之父」史坦尼斯

拉夫斯基（Constantine Stanislavski）曾經說過：「概述是藝術的死路。」這句話同樣適用於喜劇寫作，細節是無窮無盡的。

笑話地圖的基本功能，就是把想法從概述限縮為具體的細節。它能幫助你從選定的主題裡想出一個「笑點前提」，然後相應地擬出一個「鋪陳前提」，最後創作出多個鋪陳。

主題：單一主題包含「錯誤」的元素

選擇笑話的主題可以是易如反掌，但也可能讓你焦頭爛額。說它容易，因為主題通常會自己找上門來：遇到大塞車、結束一段戀情、遭遇天災等，這些經歷都能讓你輕易找到主題。但對於不願意表露真實想法的人來說，要找出主題就有不少困難，他們覺得會受到非議，以及被人看穿自己的想法。

在我的進階講座裡，學員們會在他們認為有趣的領域裡尋找主題，但通常都毫無結果。當他們開始在充滿衝突、爭議和問題的領域裡挖掘時，才能找到很多素材。有時候為了幫助他們探索某個問題領域，我會向他們提問，他們大多都會說：「這不好笑啊！」他們是對的，主題本身並不好笑，能帶來好笑話的都是令人受傷的事情。為什麼這些不好笑的事情反而是喜劇的沃土呢？

> ── 脫口秀秘訣 07 ▶ ─────
>
> 幽默感是一種應對痛苦的方法

喜劇潛藏於不討人喜歡的痛苦事情裡。那麼，這是否意味著要創作關於痛苦的笑話呢？可以說對，也不完全對，其實是要你為那些你認為錯誤的事情創作笑話。

每個笑話都包含痛苦的因素，因為我們認為錯誤的事情總會在某種程度上帶來痛苦，不管是巨大傷痛還是輕度不適。有時候痛苦很明顯，就好像李察・普瑞爾模仿他心臟病發的情形那樣；有時候痛苦又好像史蒂文・萊特（Steven Wright）的存在主義焦慮那樣輕微，但痛苦總是存在的。

主題別太大也別太小

主題不需要有明確的定義，例如，「宇宙」這個主題要從何談起？這主題太大了；「鉛筆頭」這個主題又要從何說起？這主題太小了。

答案不在於大小，而是可否列出一份提供笑話素材的清單，如果不行，那只是多了一份充滿「類別」而非「細節」的清單罷了。請回想脫口秀秘訣 06：笑話都蘊藏在細節裡。一個主題的好壞就取決於可列出的細節。

找到主題

看看下面這個笑話是如何透過笑話探勘器創作的。

郵局的工作人員其實是很有效率的——當他們用槍的時候。③

---

③ 背景資訊：美國郵局曾多次發生員工槍擊案。

在選擇主題時，必須考慮是否符合：單一主題，並且其中包含「錯誤」的元素。

主題：郵局

這是單一主題嗎？是的。就像句子、段落、章節或者故事，笑話必須有一個核心概念。如果想涵蓋一個以上的核心概念，不管這嘗試多麼地有創意，最終都會因為沒有明確的路線而迷失其中。對某些人來說，這裡面包含了「錯誤」的元素嗎？是的。雖然爭議沒有在主題裡表達出來，但仍然是選擇這個主題的出發點。

重要提醒：主題不能包含觀點。主題的功能只是有一個大致方向，以便從中挖掘出無數細節。例如，如果把主題訂為「郵局速度很慢」，這就限制了創作的思路，只能寫關於郵局速度很慢的笑話，因此最好選擇一個能表達很多種觀點的大主題。不用擔心，在「笑點前提」這一步，你就有機會表達所有觀點了。

請記住，主題包含的「錯誤」因素，不一定要針對自己，它也可以針對別人或別的事物。為什麼可以針對「別的事物」呢？舉個例子，艾倫·惠特尼·布朗（A. Whitney Brown）有一個關於幫嬰兒換尿布的笑話，嬰兒把大便拉在了地板上，艾倫模仿狗的視角去觀察這個情況，然後問主人：「為什麼不把這小屁孩的鼻子按在大便上呢？」這條狗會有這個疑問，是因為牠不知道，在同樣的情況下，小孩受到的待遇是遠優於牠的。

聯想清單：細節，而非類別

當你選定了主題，在笑話地圖中必須列出一個聯想清單，把能想到和這個主題相關的所有事情都列舉出來。要盡量簡短，並且和主題密切相關。例如「門」的聯想清單，因為「門」和很多事情都有關聯，所以要選擇能夠準確界定主題的事物。

清單必須包含「細節」而非「類別」，例如，如果要選擇「運動」作為主題，我可以列出以下清單：

棒球
網球
美式足球
冰上曲棍球

但這些內容是細節嗎？不是，它們是類別，笑話由細節而生，並非類別。改善方式為從這些類別中選出一個作為主題：「棒球」，然後再列出聯想清單，就會得到以下細節：

盜本壘
主審
界外球
好球

這些是能夠創作笑話的細節，主題不要太過寬廣，且要有許多細節。以下是「郵局」主題的聯想清單：

　　聯想清單：排隊、盒子、制服、聯邦大樓、老鷹商標、整串鑰匙、信封、郵票設計者、郵票、繩子、明信片、送信、投信口、郵政信箱、郵政信箱的鑰匙、每月最佳員工、信件、垃圾郵件、包裹、郵資機、郵筒、快遞、出納員、通緝海報、吉普車、咬人的狗、驛馬快信、郵局員工、政府代理、右駕的汽車方向盤、「不管下雨，還是下雪……」的口號。

笑點前提：關於主題的負面觀點

　　假設現在已經選擇了一個合適的主題，接下來要把這個主題限縮為更具體的概念，稱之為「笑點前提」。之所以叫作「笑點前提」，是因為笑點往往就是在表述這個概念。

　　「笑點前提」的定義是「關於所聯想主題的一個負面觀點」。「負面觀點」是什麼意思呢？指的是這個題目下列舉的一串事物：負面想法、判斷、態度、感覺、情緒反應、信念和價值觀，因為是基於一些「錯誤」的事情，所以一定會有負面觀點。而前面所說的「限縮範圍」就是指所有直接或間接與主題相關的細節。至此，聯想清單的優點顯而易見，關於主題它已經包羅萬象了。

　　「笑點前提」在笑話創作及表演中有幾項功能：第一，笑點前提需要選出一個特定事物（想創作的段子內容）和一個負面觀點（對這項事物採取的態度）；第二，笑點前提是這個笑話或段子要傳達的訊息，可藉此讓觀眾知道你接下來要談的事物，以及採取的態度；第三，笑點前提限制了負面觀點和主題。每當選了前提，很多人通常會敘述得過於冗長，並為此感到困擾。如果照我的建議去寫，笑點前提應該只包

含兩個部分,且非常簡短。

創造笑點前提

為了創造笑點前提,我會在聯想清單裡選擇「送信」這個細節,並加上「工作不力」的負面觀點。

笑點前提:送信不力。

重要提醒:笑點前提不能包含具體例子。如果它包含了關於郵遞人員如何在送信方面工作不力的例子,就會把笑點前提限制在和這個例子相關的特定領域裡。以下就是一個受限制的笑點前提,裡面包含了具體例子:

不好的笑點前提:送信不力,總是送錯地址。

用這種方式建構笑點前提並不正確,它會限制我們的方向,變成只能寫郵遞人員在找正確地址方面如何無能的笑話,而把其他不稱職行為排除在外,例如行動緩慢、排班粗心、故意送錯、送錯鄰居的郵件,或者任何可以創作成笑話的行為。笑點前提應該僅包含一個關於主題的負面觀點。

在笑話探勘器這個系統裡,精心設計的笑點前提是關鍵所在。如果笑點前提沒有建構好,接下來的步驟就會誤入歧途。請花點時間確保笑點前提設定正確,然後再進行下一步。

鋪陳前提:與笑點前提相反的觀點

正如笑點是笑點前提的表述,要寫出鋪陳,也需要不同

的觀察角度，要做到這一點，就得擬出「鋪陳前提」。鋪陳前提也要與同一個主題相關，但其觀點卻正好相反或是正面觀點。

鋪陳與笑點的關係：直接相反或遞進相反

卓別林很久以前說過：「喜劇是兩種相反意見的碰撞。」這個說法在今天依然正確。一般來說，鋪陳與笑點的關係是相反的，可以是直接相反，即從好到壞；或是遞進相反，即從壞到更壞。分析這個關係，可以說明為什麼要在笑點前提和鋪陳前提中安排相反的觀點。

「從好到壞」模式的笑話，其關係是「直接相反」的，因為鋪陳是關於「好」的事情，而笑點是關於「壞」的事情。要瞭解這種笑話的運作，可以看看史蒂芬・金（Stephen King）的例子。這位著名的恐怖小說作家有著非常淘氣的幽默感，故事是這樣的：一名記者問他如何有這麼豐富的想像力來創作小說，他回答：

> 「我到現在還保有一顆小男孩的童心……它就放在我書桌上的罐子裡。」

鋪陳部分是說這個作家有一顆小男孩般好玩、富有想像力和創作精神的心，這是「好」。然後，笑點給了我們一種完全相反的感覺，作家在書桌上的醃漬罐裡真的放著一顆小男孩的心臟。應該絕大部分人都會把這視作「壞」吧！

「從壞到更壞」的笑話，舉一個我的學生德瑞克的例子

來說：

> 在五個姐姐身邊長大的結果是我的世界觀被扭曲，直到十六歲我才意識到自己其實很胖，肚子裡裝著的也不僅是水。

在鋪陳部分，德瑞克說他如何深受五個姐姐的矇騙，讓他相信自己其實不胖，而實際上他很胖，這是「壞」。然後在笑點部分，十六歲時，他終於意識到自己很胖的事實，而且原來自己的肚子裡除了水還裝著別的東西，這就是「更壞」。

不管是「從好到壞」還是「從壞到更壞」，笑話始終要朝著更加負面的方向發展。如果這樣讓你感到不舒服，一定要學會適應它，因為這是創作笑話時屢試不爽的有用技巧。

擬出鋪陳前提

這一步所要做的只有給笑點前提換一個相反的觀點。鋪陳前提是個概念，從你將要寫的鋪陳中提煉出來。

> 笑點前提：送信不力。
> 鋪陳前提：送信得力。

重要提醒：不要把鋪陳前提當成鋪陳。有些人會覺得困惑，因為鋪陳前提看起來就像一個很好的鋪陳，也能據此寫出一個笑話，但接著就不知道下一步該怎麼辦了。其實，如果鋪陳前提按照正確方法擬出，應該可以由此寫出一大堆鋪

陳。這套系統就是設計來創作出足夠多的笑話,以便組成一整段的笑話。

創作鋪陳:鋪陳前提的具體例子

鋪陳前提的想法讓你可以據此寫出很多鋪陳,作法就是:根據鋪陳前提想出很多例子。這其實並不簡單,因為關於主題的正面觀點,與你在笑點前提中真實的負面觀念是背道而馳的。

以下兩招有助於想出正面的例子:

1. 記住事物的負面觀點,將其反轉為正面觀點。
2. 思考自己希望這個事物如何表現以得到正面觀點例子。

之所以鋪陳前提為正面觀點,是因為這會強迫你寫出誤導觀眾的鋪陳,用鋪陳騙倒觀眾,再用帶有負面觀點的笑點驚豔全場。

一個鋪陳只包含一個觀點

鋪陳必須簡而有力,如果在裡面塞了太多資訊或想法,觀眾會迷失。

用短文形式寫鋪陳

在這個系統中,短文形式最能清楚簡潔呈現出鋪陳,之後可以再修改成口語化用詞。

找到雙關

雙關的意義模稜兩可,可以做為笑話中的連接點。創作笑話最難的不是寫出笑點,而是鋪陳,鋪陳選用雙關去誤導觀眾後,以再解讀驚豔全場。花點時間在創作鋪陳上,以瞭解雙關如何有最好的效果。

重點在於,鋪陳前提並不是鋪陳。在創作笑話時,如果把鋪陳前提當成了鋪陳,就只能創作出一個笑話。下面是幾個關於郵局的鋪陳,它們從鋪陳前提的例子而來:

鋪陳前提:送信得力。

鋪陳:

a. 郵局員工其實很有效率。

b. 我從來沒有誤收別人的郵件。

c. 他們很善於轉發郵件。

以上這些鋪陳都是反映郵局工作得力的例子,這看起來很簡單,實際上極具挑戰,因為鋪陳前提的觀點與你的實際感受是相反的,代表可能要運用想像力才能虛構出這些例子。「工作得力」並不是對郵局送信能力所持的觀點,但為了寫出上面這些鋪陳,不得不把個人感受放在一邊,把這個鋪陳前提當成是真實一樣去想例子。記住,這些是鋪陳,在笑點部分,你就有機會表達自己的真實觀點了。

回到開頭的例子,看看要如何用鋪陳 a 寫整個笑話。

郵局的工作人員其實是很有效率的——當他們用槍的時

候。

　　希望這一節有把笑話地圖的術語都講清楚了，如果你還是不清楚「主題」「笑點前提」或「鋪陳前提」的意思和用途，請從頭再看看本節。在繼續往下讀之前，你必須十分熟悉這些概念，並瞭解它們彼此之間的關係。

收集笑話地圖的材料

　　本節會完整地用笑話探勘器示範如何創作一則笑話，先從笑話地圖開始，從主題生成鋪陳，然後把鋪陳放到笑話寶藏裡，最後寫出笑點。

　　以下是獲取笑話地圖的步驟：

● **步驟 A：列出主題**

有什麼事情是我認為錯誤，卻又很有興趣談論的呢？

● **步驟 B：挑一個主題，再列出一個聯想清單**

關於這個主題，我能想到的事情有哪些呢？

● **步驟 C：創作一些笑點前提**

關於聯想清單中的細節，我有什麼負面觀點呢？

● **步驟 D：為每個笑點前提創作一個鋪陳前提**

我選定的這個笑點前提，它的對立觀點是什麼？

● **步驟 E：選擇一個鋪陳前提，並寫出一系列鋪陳**

有什麼例子或者說法能表達我的鋪陳前提？

提問是創造的基礎。上述步驟的提問能幫助你開始創作，但如果在尋找主題、笑點前提、鋪陳前提或鋪陳的過程中，還有更多問題想問，那就盡量去問吧！。

從主題到鋪陳

在打開笑話地圖和設置指南針之前，還有一件事要記住。不管在哪一步運用笑話探勘器，腦海裡都有可能突然蹦出笑話，那是非常好的事情。這個過程的終極目的就是要讓你找到創作笑話的方法，如果笑話不是遵循笑話探勘器的步驟產生，不代表它們不是好笑話，相信自己，它們可能是很好的作品。接受上天的恩賜，把它們寫下來。這個笑話創作系統的原則是：給一個富有喜劇感的頭腦輸入一點資訊，它就會嘩啦嘩啦地冒出笑話。所以，放膽去想。現在，正式開始創作笑話這門大生意吧！

步驟 A：列出主題

有什麼事情是我認為錯的，卻又很有興趣談論的呢？

記住主題的定義和範圍，接著從提出這個步驟的問題開始：

Q：有什麼事情是我認為錯誤，卻又很有興趣談論的呢？
A：主題
　　a. 恐懼。

b. 車輛部門。

c. 我的家庭。

d. 冰上曲棍球。

你可能會有一個完全不同的列表，如果你沒有，那你可能就是我本人。

步驟 B：挑一個主題，再列出一個聯想清單

關於這個主題，我能想到的事情有哪些呢？

選擇你最有感的主題。

主題：我的家庭

接下來，整理關於「我的家庭」這個主題的一些特定想法，完成聯想清單。後以提問的方式進行：

Q：關於這個主題，我能想到的事情有哪些呢？

A：清單：

我的爸爸。

我的媽媽。

我的兄弟。

家庭度假。

家庭晚宴。

家庭聚會。

最初列出來的清單更長，這是縮減後的版本。細節盡可能多一點，在寫的時候，記得準備足夠的紙，你也許會寫出好幾件有趣的事、好幾個笑話，甚至寫出一整段的稿子，列出來的清單會刺激喜劇神經，接下來就可能順勢寫出一個完整有趣的故事。這都是過程的一部分，好好享受吧！

步驟 C：創作一些笑點前提

關於聯想清單中的細節，我有什麼負面觀點呢？

請特別注意創作笑點前提的原則，要記得，主題中的細節要有負面觀點，而且不能包含具體例子。這點很重要，很多人容易在這一步偏離了方向，失之毫釐，差以千里，因此要多檢查幾遍笑點前提。如果不清楚去哪裡找限縮了範圍的主題，檢查一下主題聯想清單，裡面隨便抓一把都是。

Q：關於聯想清單中的細節，我有什麼負面觀點呢？
A：笑點前提：
　　a. 我和爸爸的關係很差。
　　b. 我媽媽很蠢。
　　c. 我的兄弟只會把事情搞砸。
　　d. 我們的家庭假期糟糕透頂。

再檢查一次這些笑點前提，它們是不是已經比你的主題具體多了？是的。它們包含了負面觀點了嗎？是的。它們是不是提到了具體的例子？沒有。好，那它們就是合格的笑點

前提了。

我的學生經常會犯一個錯誤，當他們遇到一個包含了精彩觀點的笑點前提時，會興奮地把它直接當成鋪陳。這種做法也許能行得通，但一個笑點前提其實可以生成很多笑話，所以不妨將目光放的遠大一點，盡量把它寫成一整段的稿子。

步驟 D：為每個笑點前提創作一個鋪陳前提

我選定的這個笑點前提，它的對立觀點是什麼？

接下來，就要為每一個笑點前提創造其鋪陳前提了。這一步很簡單：針對笑點前提裡包含的負面觀點，為它們找到一個對立的、正面的觀點就行。通過提問，這一步即可輕鬆完成。

Q：我選定的這個笑點前提，它的對立觀點是什麼？
A：鋪陳前提：
　　a. 我和爸爸的關係非常好。
　　b. 我媽媽很聰明。
　　c. 我的兄弟能讓事情錦上添花。
　　d. 我們的家庭假期非常愉快。

步驟 E：選擇一個鋪陳前提，並寫出一系列鋪陳

有什麼例子或者說法能表達我的鋪陳前提？

這是非常簡單卻重要的一步，鋪陳前提是一系列鋪陳的正面觀點，用來誤導觀眾，之後才能用負面觀點事實帶出笑點。

鋪陳前提：我和爸爸的關係非常好。

現在可以開始寫鋪陳了，只要想出能表達這個鋪陳前提的例子和說法就行。這一點很關鍵，因為鋪陳前提裡的觀點往往是不真實的，要回答這一步的問題，你需要運用想像力擬出一些例子和說法，把鋪陳前提說得好像是真的一樣。

Q：有什麼例子或者說法能表達我的鋪陳前提（我和爸爸的關係非常好）？

A：鋪陳：

    a. 我經常問候我爸爸。

    b. 我送爸爸卡片。

    c. 我在成長過程中和爸爸發生過矛盾，但現在我已經長大了。

    d. 一想到爸爸就能令我嘴角泛起微笑。

我寫了很多的鋪陳，這裡只列出最好的四條，以上的鋪

陳都貫徹了一個想法,即「我和爸爸的關係非常好」。

在這個階段,記得不要在一個鋪陳裡加入太多的資訊,因為隨著資訊而來的假設可能會讓你迷失方向,讓鋪陳盡可能簡短,包括必要的資訊即可,千萬別貪多。

在順利完成笑話地圖這一步後,將進入到笑話探勘器的下一步,即笑話寶藏。現在開始深挖其中一個鋪陳,看看裡面藏著什麼笑點。

笑話寶藏:從鋪陳到笑點

由於已經梳理過一遍笑話寶藏,現在快速示範一下它和笑話地圖之間相輔相成的關係。

選擇一個鋪陳,列出各種假設

對於這個說法我有什麼樣的假設?

選擇一個你認為能誤導觀眾的鋪陳,以及包含雙關語意的連接點。如果發現某個鋪陳能夠帶到特定笑點,不妨試著挑選出來看會有什麼樣的結果。

選擇:「我經常問候我爸爸」[4]。

Q:對於這個說法我有什麼樣的假設?

---

[4] 英文原文是 call,連接點在「問候」和「打電話」這兩個意思裡,此處根據中文用法改成了「問候」。

A：假設：

　　a. 問候的意思是關心他。

　　b. 這種聯繫是令人愉快的。

　　c. 他是我的親生父親。

　　在創作笑話時，可能會在任何階段想到笑點，這時請記得馬上記錄下來。

選擇一個目標假設，找出連接點

　　是什麼使我產生這個目標假設的？

　　選擇假設 a 作為目標假設，因為這是最顯而易見的一個。

　　目標假設：問候的意思是關心他。

　　現在透過提問來揭開哪個部分是連接點。

　　Q：是什麼使我產生這個目標假設的？
　　連接點：「問候」這個詞。

列出幾個對連接點的再解讀

　　除了目標假設之外，還有什麼針對這個連接點的再解讀？

　　在這一步必須有足夠的創意以延伸事物所代表的意義，

想像力是你的超能力，再解讀正是創造驚喜的時機，請千萬記住，並沒有所謂的框架。

通過提問，得出了再解讀：

再解讀：
a. 問候的意思是大聲叫某人的名字。
b. 問候的意思是裁判喊出的口令或裁決。[5]
c. 問候的意思是辱罵某人。

選擇一個再解讀，完成故事二

關於這個鋪陳，有什麼具體的情境可以解釋我的再解讀？

在這三個再解讀裡面，選擇了再解讀 c。

再解讀：問候的意思是辱罵某人。

請看現在的再解讀「我問候我的爸爸」，這個問候必須符合笑點前提「我和爸爸的關係很差」。對這一步提問：

Q：關於這個鋪陳，有什麼具體的情境可以解釋我的再解讀？

---

[5]英文中 call 也有裁判喊出的口令或裁決的意思。

A：我用難聽的話來辱罵我爸爸，這能解釋我和他的關係
　　很差。

現在再進一步深入細節，看看你罵了他什麼。

Q：當我問候他時，我還說了什麼難聽的話？
故事二：我罵他是個酒鬼，把他鄙視我的事抖出來，整
個家都是因他的自私而毀了。

看，現在就清楚多了。雖然這些內容聽起來很殘酷，但
確實不是每個人都和父母保持著良好的關係。

寫一個笑點來闡述故事二

在鋪陳之餘，還需要什麼資訊來傳達我的故事二？

現在的任務是把腦中的故事二提煉成一個簡短的笑點。
如果發現文字太長，那就代表你開始在描述腦中的故事二，
而不是寫笑點，笑點一定都很短。這時請回到笑點的部分，
找出哪些用詞能準確揭開再解讀，知道笑話主旨之後，就是
提煉故事二的時機了。

執行這個任務時，可能要提出很多的問題，直到合適的
遣詞造句撓中你的胳肢窩。記住，言簡意賅是關鍵。

Q：在鋪陳之餘，還需要什麼資訊來傳達我的故事二？
A：我經常問候我爸爸，但我可不會告訴你，我用了什麼

好話問候他。

就這麼簡單，不需要等到繆斯出現才能寫出笑話，只要按照笑話探勘器的步驟，按部就班從笑話地圖挖掘到笑話寶藏就能做到。以下用圖解十八對這些步驟做簡單總結。

鋪陳：我經常問候我爸爸，

故事一：　他打給他的親生父親，且這次聯繫令他感到愉悅。

目標假設：　問候的意思是關心他。

連接點：　「問候」

再解讀：　問候的意思是辱罵某人。

故事二：　我罵他是個酒鬼，把他鄙視我的事抖出來，整個家都是因他的自私而毀了。

笑點：我可不會告訴你，我用了什麼好話問候他。

圖解十八

圖解十八解釋了從主題到笑點的產生過程，再次提醒，請注意笑點前提和笑點是如何表達負面觀點，以及鋪陳前提和鋪陳是如何表達相同觀點的。

笑話地圖的選項：規畫另一個方向

笑話探勘器系統提供多種選擇，如果你不滿意自己寫出來的笑話，換一個方向即可。由於已經在第二章討論過笑話寶藏的選項了，這裡只列出笑話地圖的選項：

重新回到步驟 E：選一個不同的鋪陳前提

要寫出一整段的笑話，其中一個有效的方法是選擇另一個鋪陳前提，然後寫出更多鋪陳，再帶著這些鋪陳重新進入笑話寶藏中去。

重新回到步驟 C：創造更多笑點前提

你會驚訝地發現，每一個主題都有很多潛在的笑點前提。如果寫了一些出來，就接著寫下去吧！聯想清單上的每一項內容，都能用來創作一個笑點前提。就個人經驗而言，聯想清單可以說是無窮無盡的。

重新回到步驟 B：選擇另外一個主題

一旦你徹底挖掘了某個主題，可以試著回到笑話地圖的最頂部，選擇另一個主題。笑話探勘器系統的優點就是你可以窮盡所有的可能性，什麼都寫。

重新回到步驟 A：列出更多主題

當主題都用光以後，可以開始搜索其他和你相關的事情、負面想法或感覺。記住，喜劇是用來對付痛苦的一種方法，

對於喜劇來說，往往是越墮落，越快樂。

個性化

對於笑話創作，「笑話探勘器」是唯一逐步引導的系統。其中，「笑話地圖」的目的是幫助你選擇出主題，以便寫出鋪陳，然後用這些鋪陳挖開「笑話寶藏」，發現笑點。雖然這是一個系統化的過程，但並沒有要求你機械式地遵循順序，盡量在各種想法之間穿梭，找到最適合的方法，塑造你自己的風格。

我有一個學生，他按個人風格改造了整個系統：先創作笑點前提，然後跳到笑話寶藏的最後一步寫出笑點，再回到笑話地圖標出鋪陳前提，最後為笑點寫出鋪陳。這是他覺得最有效的方法，你也可以找出自己認為最順手的方法來執行。

04

從搞笑到爆笑：
改善和打磨笑話

　　一位著名的作家曾經說過：「世上沒有寫作這回事，只有不停的改寫。」這話聽起來可能有些極端，但確實有其道理。有了初稿之後，可改善的空間還很大，有時候可以一步到位，直擊笑點，但更多時候需要不斷打磨，嘗試不同方法之後才能讓笑話呈現更出色的效果。

　　本章將學習修改笑話的基本原則，以及改善的技巧。這些方法基於我從事脫口秀演員的親身體會，並結合多年來合作過眾多成功脫口秀演員的實際寫作技巧。但要提醒一點，這些技巧並非教條，對你真正有用的才是最適合的！

　　請注意，在創作階段不要考慮笑話的改善和打磨。創作和編輯是兩個區別很大且各自獨立的工作，寫新笑話時就快速不中斷地寫完，之後再回來打磨它們，否則會失去寫的動力，並錯過很多改善的機會。你會時常發現，一、兩天後再回頭看寫過的笑話，往往會冒出新的角度和想法。所以，先寫出來，之後再打磨。

　　以下是一些改善笑話的方法：

精簡化

　　冗餘累贅是好笑話最大的敵人，前面幾章教大家學習寫笑點時，也曾簡單提過，而我的學生泰瑞，就曾在我的培訓班上講過一個很搞笑但太過冗長的笑話[1]。

---

[1]原文 I went on a vacation to Denmark because I was having a sex change. The sex change was from not very often to nothing at all. 其中 sex change 在上下文中可指變性，或性生活的頻率的改變。

　　前一陣子我和老婆鬧離婚。這個過程漫長又複雜，最後我們還是離婚了。之後我就去丹麥度假，因為我有性方面的改變（sex change），它從不常變得也不怎麼樣了。[①]

　　這則笑話的核心想法很好，但故事二包含了太多資訊，觀眾其實不需要知道這些資訊就可以理解笑點了，多餘的細節反而會讓大家困惑。

　　一般來說，觀眾要對你的笑話有回應，而不是去思考你的笑話。這不代表你不能寫些需要思考、有智慧的笑話，而是即便你要表達一個新奇的想法，也應該簡單明瞭，讓觀眾不用大費周章就能明白你在說什麼。

┌─ **脫口秀秘訣 08 ▶** ──────────────────┐

　　觀眾用了多少能量去思考，便少了多少能量去發笑

└────────────────────────────┘

　　鋪陳部分提供的資訊應該剛好夠讓觀眾產生目標假設，同樣也是越簡潔越好，之後給觀眾笑點，即通過再解讀打破目標假設，僅此而已。

　　第二週泰瑞回來上課的時候，把這個笑話改成了：

　　離婚後，我有性方面的改變（sex change），它從不常變得也不怎麼樣了。

　　這是一個結構很好的笑話，用詞不多不少，比起最初的

版本能引起更大的笑聲，到達笑點需要的時間更短、更快，「每分鐘笑聲數」就越多。「精簡」則是提高每分鐘笑聲數的重要技巧。

笑點用「底」收尾

　　每個笑點都有一個關鍵的詞、短語或動作來揭露再解讀，從而打破目標假設，讓觀眾笑出來。從觀眾的角度看，這個關鍵的詞、短語或動作存在於笑點之中，我們將其稱之為笑點的「底」。

　　要有效地建構一個笑話，就要保證「底」能在笑點的最後出現。把「底」放在正確的位置十分重要，因為它決定了觀眾何時發笑，如果「底」在笑點中過早出現，觀眾開始笑，而你還在繼續說，他們就會因此停下笑聲聽你在說些什麼。

　　記得有天晚上在好萊塢的脫口秀俱樂部「喜劇商店」（Comedy Store），我目睹了一名喜劇演員「訓練」觀眾停止發笑的過程。一開始，觀眾聽到這個演員的笑話會笑，但因為「底」在笑點中過早出現，他要吼著蓋過觀眾的笑聲才能講完笑話，當然，觀眾很快就知道要安靜下來，不過這不是喜劇演員想教給觀眾的東西。在他講到第十個笑話的時候，觀眾已經不再大笑，只是禮貌地微笑聽著，而這個演員因為沒有得到預期的笑聲變得煩躁起來，並開始指責觀眾不夠好，於是觀眾連微笑也沒有了。造成這樣的結果，很大一部分的原因就是這個演員不知道要把笑點的「底」放到最後。

　　關於這一點，脫口秀演員有兩個常見的錯誤：

錯誤一：笑點的「底」出現後還有多餘的話或動作

笑點的「底」出來後還堅持繼續講，是最常見也最惱人的錯誤。一般都是因為脫口秀演員在觀眾笑了之後想加入一些未經思考的廢話。例如，有個學生寫過這樣一則笑話：

你們知道為什麼同性戀那麼會穿衣打扮嗎？你試試二十年都待在衣櫃裡，看看會怎麼樣。

「看看會怎麼樣」跟笑話沒有任何關係，應該刪掉。下面是改寫後的笑話，以「底」收尾。

你們知道為什麼同性戀那麼會穿衣打扮嗎？你試試二十年都待在衣櫃裡。

衣櫃是「底」，後面再加任何東西都會削弱笑話的效果。

錯誤二：「底」和其他重要資訊混在一起

確認笑話的「底」至關重要，否則它可能和其他不那麼重要但對笑話有作用的資訊混在一起。

保險公司推出了新產品：火災盜竊險。但是只有你家著火的時候遭小偷才會賠償。

你能看出來如何讓這個笑話更好嗎？它的結尾是「才會

賠償」，這是一個重要的資訊，但是沒有笑話的「底」，即「你家著火的時候遭小偷」重要。下面是更有效的安排：

保險公司推出了新產品：火災盜竊險。但是賠償的條件是你家著火的時候遭小偷。

對比這兩個版本，把「底」放在笑點的最後可以讓笑話的效果更好。當然，由於句子結構的限制，或者有時需要用特定的方式傳達資訊，你不可能每次都把「底」縮成一個詞或短語放在笑話的最後，那麼就在保持語句自然的情況下，盡可能將「底」放在笑點最後。

現在你知道了這個技巧，看看電視上的脫口秀表演，數一數那些專業脫口秀演員有多少次放錯了「底」的位置，然後表揚一下自己，你已經知道如何正確地把笑點收尾了！

使用三段式結構

三段式結構在脫口秀演員之間廣為流傳，它是一種帶來笑聲的神秘法則。但是你問他們，為什麼那麼多笑話都用這種技巧時，他們往往說不出所以然來。

不過，你一定知道，同一種節奏很容易讓觀眾產生假設，預設接下來還會是同樣的節奏。而一個節奏最少需要幾個音節呢？對，兩個。兩個音節構成一個節奏、一個假設，第三個音節打破這一節奏，打破假設，這是經典的笑話結構。

注意三段式結構，因為這是構成笑話的重要線索，請看

範例：

> 我非常敏感，當看見漂亮女子時，會想哭、想寫詩，還
> 想……撲倒她。
> ──史提夫・馬丁（Steve Martin）

使用常識

如果觀眾不明白你在說什麼就不會笑。如果某個詞或引
用語對於笑話的理解非常重要，你必須好好考慮觀眾對此是
否熟悉，有時候得選擇觀眾更熟悉的內容加以替換。

如果有些參考資訊對你講的笑話十分重要，但不在常識
範圍之內，且又找不到合適的替代，那就在鋪陳部分說明。
可惜的是，有時解釋了參考資訊會讓笑話失去效果或者提前
暴露笑點。例如，當我讀大學的時候，聽過這則笑話：

> 我服用了大麻，然後我看到上帝。

那時，選哲學課很潮，因此許多學生對於哲學家尼采並
不陌生，也聽過他的名言：「上帝已死。」我運用這個資訊
改寫成新的笑話：

> 我服用了比大麻更厲害的東西，然後我看到尼采。

當年在校園派對的場合中，這則笑話能引起哄堂大笑。
但是當我走上了表演之路，並在「喜劇商店」說出同樣的笑

話，臺下觀眾不但沒笑，還露出不解的表情盯著我。無論我怎麼解釋尼采是誰，彷彿都在對牛彈琴，毫無期待中的反應。

如果觀眾不知道某件事，而解釋也沒有用，他們理解不了你的笑話，你也只能說：「你當時在場的話就能明白這個笑話了。」

盡量代入角色

從某種意義上說，這也是優秀寫作的一個基本原則：秀出來，但不要說出來。因此，當笑話涉及某個場景或對話時，把它們全秀出來，這樣你既能扮演自己，又能成為場景中的其他角色。

下面一個例子來自我的學生大衛歐。他先點上一支煙。

我女朋友問我：「你怎麼知道什麼時候該抽煙？」我說：「嗯……每次妳一開口說話的時候。」

注意一下，在引語前用了「問」和「說」，這麼做是必須的。如果在引語中間加入這類動詞，不但會干擾流暢度，也會讓觀眾搞不清到底是誰在說什麼。表演脫口秀時，運用代入角色對話的方法，可以還原場景，讓表演更真實，加強互動性，也有助於發現更多的笑點。

慎用雙關

雙關從古時候開始就有人使用了，比如說在蘇美楔形文字、埃及象形文字，還有莎士比亞作品中，靈巧使用語言正是娛樂和幽默的主要素材。

雖然雙關拿來逗朋友可能會有效，但在專業脫口秀表演中使用，很可能會招來觀眾的噓聲。原因是一個好的笑話，就像精彩的魔術，只有當觀眾看不出手法時才會有效果，而雙關在所有笑話類型中最直接地暴露了本身的內在結構。更糟糕的是，很多人在說雙關的笑話時都好像在表示：「看，我多聰明，我多擅長文字遊戲！」

此節著重在如何在笑話中使用雙關，特別是一句式笑話，以及如何避免噓聲。以下是一些建議：

將雙關語放在鋪陳裡

如果有人說了這樣的笑話：

> 冰霜傑克（Jack Frost）怎麼去上班？他騎冰柱（take an icicle）去上班。②

在今天這個充滿批判的全球化媒體環境中，上述笑話應該很容易得到噓聲。運用一個小技巧就可以避免這種情況：

---

②在西方民間傳說中，Jack Frost 是冬天的精靈，他會帶來天寒地凍，並讓人的鼻頭和手指凍傷；icicle 指冰柱，念起來像 bicycle。

將雙關語或短句放在鋪陳中,讓模稜兩可的意思造成誤導。例如上述笑話可以改寫為:

一根冰柱(an icicle)?這聽起來像是冰霜傑克會騎去上班的東西。

我並不特別欣賞這兩個笑話,但是我想第二個版本有機會博得笑聲。練習將雙關語放在鋪陳中,你也能寫出好笑話。例如一個女性脫口秀演員說:

我又開始約會了,我想我該做點寵愛自己的女性保護(feminine protection)[3]。我選用 0.45 口徑的自動手槍。

或是之前出現過的:

離婚後,我有性方面的改變(sex change),它從不常變得也不怎麼樣了。

噓聲會擴散

得到噓聲的另一項缺點是它會像病毒一般在觀眾間擴散,一個噓聲、兩個噓聲,因為很有趣,所以更多人加入噓聲,然後就只剩噓聲了,即使內容明明就很有趣,當噓聲開始蔓延,就會變成一種起鬨。

---

[3] feminine protection 指女性保護,也與女性生理用品有關。

別讓自己成為噓聲病毒的散播者，它可是會毀了你的表演。

用雙關語替代低俗字眼

知名喜劇演員 W. C. 菲爾茲（W.C. Fields）有自己一套規避審查的咒罵方式，他會用「可惡」（drat）來取代「該死的」（damn）沒錯，以前的規定就是如此嚴格。比較現代的例子：

萬聖節的時候，我抓鬼的屁股，結果抓到滿手的床單（sheet）④。

故意用雙關獲得觀眾的噓聲

我曾在聖地牙哥看過一個街頭藝人故意用雙關引起觀眾的噓聲，然後反擊說：「看，如果你們有品味的話，就根本不會在這裡。」

為了獲得笑聲而忍受噓聲是值得的，但這種技巧一場表演只能用一次。

有學生不同意我的看法，他認為「有噓聲總比沒有反應好」。當然這取決於你，但一定要知道自己的目標是什麼。如果你想要噓聲，那就多用雙關；如果你想要更多的笑聲，那就為了這個目標而努力，不要為表演不好找藉口。

---

④此處 sheet 與 shit（屎）諧音。

角色具體化、個人化

讓笑話中的角色盡量真實、具體會大幅改善笑話的效果。「兩個人走進酒吧……」這種說法早已過時，觀眾想知道這兩個人是誰，給些資訊便能營造出小說作者所謂的「逼真」效果，稍微再加一些細節也可以讓敘述更生活化、更可信。

把角色設定為你的朋友、親戚，或者公共人物。下面用演員麥克・賓德（Mike Binder）的一個笑話為例說明一下：

我爸媽把弟弟送去法學院讀書。他現在畢業了，正在起訴學校浪費了自己七年的時間。

這個笑話也可以說成：「有家長把孩子送去法學院讀書。」但麥克・賓德選擇用自己的父母和弟弟為角色，他實際上有沒有弟弟根本不重要，因為脫口秀演員常用不存在的兄弟姐妹或親戚來讓笑話更加個人化。

使用觀眾熟知的名人也能改善笑話的效果，例如：

小甜甜布蘭妮（Britney Spears）的胸部有一個蝴蝶刺青。現在看起來很好看，但等到她八十歲的時候，這個刺青就會看起來像隻又老又醜的大蝙蝠。

其實這個笑話的原型是：「我看到一個年輕女孩的胸部有……」但套在布蘭妮身上會顯得更真實，甚至沒有那麼荒誕。

　　要讓你的笑話素材更加個人化，還有一個方法就是跟觀眾產生連結。例如，比起說：「有個人有高度近視」，不如直接說：「觀眾裡那個戴眼鏡的人」，這樣效果更好。

　　（把觀眾的眼鏡取下來）呀，你可以拿來放在陽光下燒螞蟻啊。（自己戴上）哇，我能看到手裡面的骨頭。（看看旁邊的女士）身材真好。（把眼鏡遞回去）還給您，哈伯望遠鏡先生。

　　像這樣的一段表演能大大增強和觀眾的互動，而且通常是即興的，讓人覺得你頭腦好像很靈光。

素材在地化

　　同樣，在笑話中融入當地地標、附近城市、當地的酒店、商店、飯店等，這並沒有你想的那麼難，還能讓觀眾反應更熱烈。

　　如果你有個和餐廳有關的笑話，就用當地人都知道的餐廳名稱，不要講：「我有天在某家餐廳吃飯」，而是說：「我有天在海底撈吃火鍋」。如果你有個關於超市的笑話，不要講：「我在超市如何」，可以說：「我在家樂福」。

　　每個地方都有遭到大家鄙視的地區，你可以事先去瞭解一下這個地區。如果笑話裡有個不受歡迎的角色，就讓這個角色來自此地區，觀眾會很喜歡的。

　　如果你有個關於爛酒吧的笑話，就問問當地人哪個酒吧

適合代入。

我走進（當地爛酒吧的名字），看到一個傢伙躺在地板上，一群人圍著他猛揍。我問服務生：「你怎麼不叫警察啊？」他說：「你瘋了嗎？還叫一個來挨揍？」

有時候，觀眾聽到自己的家鄉在表演中成為經典素材時，會給你意想不到的熱烈回應。這招太好用了，甚至讓一些脫口秀演員對此嗤之以鼻，因為要這樣獲得笑聲太簡單了。建議可以在初級階段多多練習和使用。

連結時事

為每年的特殊節日準備好一些笑話，如聖誕節、萬聖節等。這樣每年你都可以講這些「時事」笑話，它們從來不會過時。

喜劇演員威爾·德斯特（Will Durst）住在舊金山灣區，每年都可以講下面這個笑話：

在舊金山，萬聖節是多餘的。

我有個學生瑪利亞，出生於墨西哥，她跟著我學脫口秀有幾年了，每個聖誕節她都可以講下面這個笑話：

在美國這邊，你們有很多的聖誕老人。但是在墨西哥，

我們沒有聖誕老人——他們都來這邊找工作了。

使用語法錯誤的語言

人們說話和寫作的用語不一樣，所以寫笑話要口語化，正確的語法和句型對搞笑沒有助益，且生硬的用詞往往不如日常對話自然流暢。

下面是喜劇演員湯姆・麥克蒂格（Tom McTigue）採海綿工人笑話的一部分。

老工人們圍坐在一起講著那些採海綿的故事：「太大了！你見過最大海綿！都快吸我走了！大！要包我起來！」[5]

通過這些有語法錯誤的不完整句子，湯姆傳神地表達了老工人們自然的講話方式。如果你的角色會說一些語法錯誤的句子，讓他去說，這時修改語法只會扣分。

自創詞彙，詞語新編

脫口秀演員這個職業允許以把玩語言來製造笑料。例如，知名演員羅賓・威廉斯（Robin Williams）有個關於離婚（divorce）的笑話：

---

[5]原文為：「He was huge! Biggest sponge you ever seen! Damn near absorbed me! Huge! Had Comet all over him!」

「divorce」一詞來源於拉丁文「divorcerum」，其本意是「透過錢包來扯蛋」。

當然，「divorcerum」其實不是一個拉丁詞，但這聽起來很好玩，也適合這個笑話，對喜劇來說，這已經足夠了。

自由地把玩語言，不要擔心學過的語言規則，語言就是你的喜劇黏土，可以任意地揉捏組合，製造出笑料。

有時候視覺哏有奇效

有時候「看」比「聽」更好笑。如我的學生艾倫講過的笑話：

大家可以去高速公路出口找我，我會在那裡舉牌子。（他舉起一個紙板，上面寫著：我娶了個猶太人老婆，要工作才能上床。）

艾倫可以把這個笑話直接說出來，但這樣舉個牌子，擺出一副高速公路交流道口無業遊民的樣子，效果會好很多。

脫口秀演員兼愛吃鬼凱文·詹姆斯（Kevin James）有一個吐槽某個車款有多小的經典笑話。他當然可以向觀眾敘述坐進車裡就像鑽進一件夾克一樣，但是，他選擇透過視覺來演繹，假裝坐在車裡，抓著甜甜圈大小的方向盤，兩個手肘靠在兩邊的車窗上。觀眾直接看到坐在車裡有多麼不舒服，這麼表演帶來的笑聲是任何描述都無法達到的。

不要只是去講，試著把場景演出來，也要小心道具的使用，倒不是因為這樣做有欺騙嫌疑或太低級（有些脫口秀演員有這種錯誤看法），而是從現實層面考慮，拖著道具到處表演非常麻煩。如果你的笑話真的有需要，又不嫌麻煩的話，放心地使用道具就對了。

加上連續笑點

顧名思義，加上連續笑點就是在一個笑話完成後繼續增加笑點。一個鋪陳獲得兩次以上的笑聲能提高表演整體的「每分鐘笑聲數」。

加上連續笑點是通向成功演出必經之路。如果只是以鋪陳與笑點的形式表演，在舞臺上會有百分之九十五到九十九的時間都在說鋪陳，而這一大段時間都是不搞笑的，但是，如果所有的鋪陳後面都有多個連續笑點，在舞臺上搞笑的時間就會增加。如果鋪陳是一項投資，笑聲是回報的話，加上連續笑點就相當於一筆投資能獲得多次回報。以下是加連續笑點的三種技巧。

技巧一：使用原有目標假設

我嘗試過減肥，但見到健身教練我就放棄了，你很難相信一個長得像安西教練的人能夠幫你減肥。（初始笑點）

（模仿教練的口吻）「呃，我最近失戀了，稍微沒有那麼有規律地鍛練。」（連續笑點一）

「已經練了五分鐘，我們去吃點東西，回來繼續練吧？」

（連續笑點二）

初始笑點和兩個連續笑點都是根據目標假設：健身教練應該是強壯結實的。初始笑點打破假設的方式是：健身教練像胖胖的安西教練。然後，第一個連續笑點打破假設的方式是：他很不自律；第二個連續笑點打破假設的方式是：他很貪吃。

技巧二：根據不同的故事一假設加上連續笑點

下面是一個帶有連續笑點的例子，連續笑點打破了不同的故事一假設。

我質問蜜雪兒：「你為什麼要背著我跟別的男人約會，我要跟你分手！」她說：「啊？可是我們還沒在一起啊……（笑點）你也不看看你自己，兩百斤的體重，誰能背得動啊？（連續笑點）

初始笑點打破假設：「我要跟你分手」，說明兩個人是戀人關係，再解讀是兩個人沒有在一起，只是「我」的一廂情願。請注意接下來的連續笑點如何打破另一個故事一假設。故事一假設：「背著我跟別的男人約會」指的是偷偷摸摸約會，而再解讀是：用身體「背著」他跟別的男人約會。笑點和連續笑點打破的是同一個故事一中的兩個不同假設。

你也可以用笑話寶藏來寫連續笑點，寫完笑點後，回頭閱讀，看看你的原始「假設清單」，如果發現還有一個假設

可以打破，且和原來的笑話不衝突，這就獲得了一個連續笑點。

技巧三：由故事二創造新的假設

每個新笑點都會帶來新的故事二，其中包含了多個假設。下面的例子還是相同的鋪陳，但是笑點不同，連續笑點打破故事二的假設。

我質問蜜雪兒：「你為什麼要背著我跟別的男人約會，我要跟你分手！」她說：「啊？可是我們還沒在一起啊……」我說：「對，如果你沒有這樣做，本來我們今天就可以在一起的。」

初始笑點打破目標假設的方式：「我要跟你分手」，說明兩個人是戀人關係，而再解讀是：「兩個人沒有在一起」，只是「我」的一廂情願，然後注意笑點「可是我們還沒在一起」創造了故事二，故事二有了一個新的目標假設：「兩個人不是戀人關係」，而這個新目標假設又被「本來我幻想過今天表白後我們就在一起了」這個笑點所打破。記住，每個笑點或連續笑點都帶有一個新的假設，會創造出新的故事二，可以藉由繼續打破它來加上連續笑點。

如果把初始笑點或連續笑點當成一個新鋪陳，「笑話寶藏」也能幫助我們繼續寫出連續笑點。思考一下自己對這個初始或連續笑點有什麼的新假設，瀏覽笑話寶藏中的問題，直到挖掘出另一個笑點。

　　剛開始打磨笑話時，可能會覺得麻煩，一旦上手，你會發現它其實像寫初稿一樣，是一個充滿創意的過程。將笑話做出細微調整，可能會讓它從搞笑變成爆笑。堅持不懈地修改，當你因此換來越來越多的觀眾，越來越大的笑聲，就會覺得一切都值了。

05

如何把零散笑話
組合成脫口秀段子

現在你已經知道如何運用笑話探勘器寫出大量笑話了，那麼對於這些在不同前提之下得來的零散笑話，有些是隨機產生，有些是來自毫不相關的想法，要怎麼處理呢？這一章會教你如何把零散笑話串到一起，組合成一個連貫的脫口秀段子。

脫口秀秘訣 09 ▶

整理出一個笑話和脫口秀段子的檔案夾

笑話檔案夾是整理和記錄素材的好方法。你可以將笑話記錄到卡片上，然後放到盒子裡，做一個索引，也可以用建立電腦檔案夾的方式整理。保存的時候，可以根據笑話的主題分至兩、三個類別。以下面的笑話為例。

我所有的朋友都說我是偏執狂，但打死我都不會同意這個看法。

我會把這個笑話分到以下三個類別中：偏執狂、心理、朋友。這樣在你要寫相關主題的笑話時，就可以在這些分類中找到它們了。即便你組合出越來越多的脫口秀段子，同樣可以用這個檔案系統把稿子整理得井井有條。

剛開始寫笑話的時候，我會每天寫十個笑話，連續寫上四天，在第五天時，選出最好的一批歸檔。建議你也做同樣的練習，這樣每天都能有一個目標，如果一週能寫出一個非

常出色的笑話,一年下來你就有五十二個令人捧腹大笑的笑話了。

我的好朋友提姆‧辛普森(Tim Simpson)已經在他的電腦裡保存這樣的笑話檔案足足有十年。他最近跟我說他積累了超過一萬五千個原創笑話以及一些有趣的觀點。任何人要他寫特定話題,只需要簡單地搜索一下資料庫,就能找出大量的笑話,寫作的時候事半功倍。

「段子生成器」是一個幫助你把笑話組合成段子的工具。不同的人用同樣的笑話作為素材,最後會組合成完全不同的段子,因此段子生成器的使用也是因人而異。你可以先使用段子生成器,找到自己排列笑話的風格。如果其中任何步驟出了問題,或者沒什麼用,可以重新排列或者跳過這些步驟。

段子生成器

1. 將每個笑話放到各別的索引卡裡
2. 將笑話歸類
3. 將笑話逐個排序
4. 修改,修改,再修改

這裡將一步步地示範,說明如何將一組無序的笑話變成一個有內在關聯的段子。先從我以前寫過的郵局笑話開始。需要特別注意的是,這些笑話並非都是從笑話探勘器中產生。其中一些是靈光乍現;一些改編自老笑話;還有一些鋪陳不是從鋪陳前提,而是隨機得到的等等。有時候在進行到某一

步驟的時候，腦子裡突然就出現了一個鋪陳或者笑話；而有時在進行這些步驟時完全沒有任何想法，但第二天早上醒來，笑話卻突然閃過腦中，快到我都來不及記下，有一些笑話的靈感甚至是來自其他人。它怎麼發生的並不重要，只要最後的結果是──創作出好笑話。下面是一些有關郵局的笑話：

一、郵局的標誌是一隻展翅高飛的雄鷹。是不是啊？它應該是一個打瞌睡的懶人才對啊！

二、我並不介意排長隊，假如我最後排完隊能到達阿爾卑斯山馬特洪峰（Matterhorn）的話。

三、當排隊的隊伍很長時，我大喊：「這隊伍越來越長了。你們不如再關掉一個窗口好了！」他們就真的關掉了一個窗口。

四、郵局的工作人員其實是很有效率的──當他們用槍的時候。

連續笑點：畢竟他們的口號是：無論是風霜雨雪，都阻止不了他們的子彈。

五、我不明白為什麼有那麼多郵局員工會被他們的同事殺掉。他們應該是被滿腔怒火的顧客殺掉才對。

六、如果郵局要像一個真正的企業那樣營運，情況應該和在印度成功開一家牛排店差不多。

七、郵局有一些名人系列紀念郵票，如瑪麗蓮·夢露（Marilyn Monroe）、馬丁·路德·金（Martin Luther King），為什麼沒有查理斯·曼森（Charles Manson）[1]

①美國一個連續殺人犯。

的系列呢？他也是名人啊！

八、郵票上只有像軋棉機或蒸汽機那些老式的發明。為什麼就不能有一些現代的重要發明呢？比如說隆乳。

連續笑點（1）：嘿，這樣我會變成集郵愛好者。

連續笑點（2）：這種郵票可以成雙成對地發行。

連續笑點（3）：當然，男人們會兩面都舔舐。

九、「郵局服務」中的「郵局」和「服務」是一對反義詞。

十、我瀏覽郵局的照片牆，特別留意到了一張繃著臉、噁心、下流的照片，喔，原來是他們的當月最佳員工。

十一、聽了我的意見之後，一個郵局職員跟我說：「你不能侮辱我們郵政人員。」我說：「為什麼不能？」他說：「因為我知道你住哪裡。」然後我反擊他：「得了吧，即使你跟在我後面，最後你也會走錯到別人家裡。」

十二、設計郵票的人從來沒有設計過紀念郵局的郵票，他們是擔心人們把口水吐在錯誤的一面嗎？

這些笑話是講脫口秀的起點。可能你不見得每個都喜歡，但請記住，它們是用來「講」的，而不是用來「讀」的，且在這些笑話能被表演之前，還有很長的路要走。而我們接下來的挑戰是要透過後面的步驟，把它們整合成一個有關聯的段子。

將每個笑話放到各別的索引卡裡

把每個笑話放到大小適中的索引卡裡，或者打入電腦文件中。如果這個笑話和其他笑話前後呼應，或者有連續笑點，那就把它們放在同一張索引卡裡，或者在電腦文件中按固定的順序排列。如果你一直有整理笑話的習慣，應該已經有這類索引卡，或者建立好了自己的電腦檔案系統。打算以脫口秀為生的人，會不斷產生靈感並寫下大量笑話，因此需要養成整理笑話的習慣。

將笑話歸類

整理你的笑話過並分門別類收錄入索引卡中。如果你使用笑話探勘器寫下笑話，根據話題前提，通常就已經自行分類了。但這不是絕對的，有時候從某個前提得到的笑話反而更適合與其他主題的笑話歸為同一類。笑話寫作不是線性科學，它飄忽不定，無法預測，所以在這一步，你得花點時間來評估笑話，並把它們歸類到相關的類別裡。

下面是已經分類好且加上解釋的郵局笑話。至於如何整理，並沒有什麼規則，也不必苛求完美，之後隨時可以改變它們的順序。

你可能不同意我的分類方式，很好，這代表你漸漸學會此項技巧了。

服務

　　我把笑話一、六、九歸到「服務類」，因為它們反映的是郵局不同角度的糟糕服務。

　　一、郵局的標誌是一隻展翅高飛的雄鷹。是不是啊？它應該是一個打瞌睡的懶人才對啊！

　　六、如果郵局要像一個真正的企業那樣營運，情況應該和在印度成功開一家牛排店差不多。

　　九、「郵局服務」中的「郵局」和「服務」是一對反義詞。

排隊

　　二和三都是關於郵局排隊的笑話。

　　二、我並不介意排長隊，假如我最後排完隊能到達阿爾卑斯山馬特洪峰的話。

　　三、當排隊的隊伍很長時，我大喊：「這隊伍越來越長了，你們不如再關掉一個窗口好了！」他們就真的關掉了一個窗口。

郵局員工

　　笑話四、五、十、十一都是關於郵局員工的笑話。

　　四、郵局的工作人員其實是很有效率的——當他們用槍的時候。

連續笑點：畢竟他們的口號是：無論是風霜雨雪，都阻止不了他們的子彈。

五、我不明白為什麼有那麼多郵局員工會被他們的同事殺掉，他們應該是被滿腔怒火的顧客殺掉才對。

十、我瀏覽郵局的照片牆，特別留意到了一張繃著臉、噁心、下流的照片，喔，原來是他們的當月最佳員工。

十一、聽了我的意見之後，一個郵局職員跟我說：「你不能侮辱我們郵政人員。」我說：「為什麼不能？」他說：「因為我知道你住哪裡。」然後我反擊他：「得了吧，即使你跟在我後面，最後你也會走錯到別人家裡。」

郵票

笑話七、八、十二都是關於郵票的笑話。

七、郵局有一些名人系列紀念郵票，如瑪麗蓮·夢露、馬丁·路德·金，為什麼沒有查理斯·曼森的系列呢？他也是名人啊！

八、郵票上只有像軋棉機或蒸汽機那些老式的發明。為什麼就不能有一些現代的重要發明呢？比如說隆乳。

連續笑點（1）：嘿，這樣我會變成集郵愛好者。

連續笑點（2）：這種郵票可以成雙成對地發行。

連續笑點（3）：當然，男人們會兩面都舔舐。

十二、設計郵票的人從來沒有設計過紀念郵局的郵票。

他們是擔心人們把口水吐在錯誤的一面嗎？

掌握竅門了嗎？如果某些笑話看起來彼此搭配，就把它們歸到同一類別裡，一般來說這樣的方式不會產生衝突，但有的笑話可以同時歸到好幾個類別中，如果是這種情況，就把它放到你認為最合適的類別裡，且之後隨時都可以更動。

將笑話逐個排序

把所有笑話都收錄到索引卡上並分好類，接下來就要將這些宛如拼圖的零件組合成有關聯的想法。再次強調，這樣的排列沒有對錯之分，如果你是跳躍思維型的人，那就隨心所欲地排列；如果你邏輯思維很強，那就把話題首尾銜接的笑話排在一起。記住，做法可以因人而異，這裡要嘗試的只是透過排列笑話，來表達對話題的幽默見解。

在段子的開頭，從抱怨郵局的服務開始似乎更有邏輯。因此把服務類的笑話放到前面，即笑話一、六、九。

服務

郵局的標誌是一隻展翅高飛的雄鷹。是不是啊？它應該是一個打瞌睡的懶人才對啊！如果郵局要像一個真正的企業那樣營運，情況應該和在印度成功開一家牛排店差不多。「郵局服務」中的「郵局」和「服務」是一對反義詞。

目前看來並沒有邏輯可言，但我們總得起個頭。如果還

不知如何修正，別擔心，下一步隨時可以改寫。

接下來，關於排隊的類別，既然它們抱怨的是郵局服務，那麼邏輯上來說應該緊接在後。現在把笑話二和三添加到段子裡。

排隊

我並不介意排長隊，假如我最後排完隊就能到達阿爾卑斯山馬特洪峰的話。當排隊的隊伍很長時，我大喊：「這隊伍越來越長了，你們不如再關掉一個窗口好了！」他們就真的關掉了一個窗口。

雖然我並不是很滿意馬特洪峰這個笑話，但這兩個笑話放在一起，看上去還算和諧。之後我還是會調整它。

我計畫用郵票的笑話作為這個段子的結尾，所以關於郵局員工的笑話，只能加到段子的下一部分去了。除此以外，在「排隊」類別裡的第二個笑話內容是關於郵局員工關上窗口，這就很容易引出郵局員工的話題了。

郵局員工

郵局的工作人員其實是很有效率的──當他們用槍的時候。畢竟他們的口號是：無論是風霜雨雪，都阻止不了他們的子彈。但是我不明白的是，為什麼有這麼多郵局員工會被他們的同事殺掉，他們應該是被滿腔怒火的顧客殺掉才對啊！我瀏覽郵局的照片牆，特別留意到了一張繃著臉、噁心、下流的照片，喔，原來是他們的當月最佳員工。聽了我的意見

之後，一個郵局職員跟我說：「你不能侮辱我們郵政人員。」我說：「為什麼不能？」他說：「因為我知道你住哪裡。」，然後我反擊他：「得了吧，即使你跟在我後面，最後你也會走錯到別人家裡。」

段子最後是由笑話七、八、十二組成的「郵票」類。我認為隆乳的笑話是最好笑的，所以把它放到最後。同時因為查理斯・曼森的笑話沒辦法很好地引出郵票的話題，所以我會用「向郵局致敬」的概念來作為這部分笑話的開頭。下面是我的例子：

郵票

設計郵票的藝術家從來沒有設計過紀念郵局的郵票，他們是擔心人們的口水吐在錯誤的一面嗎？郵局有一些名人系列紀念郵票，如瑪麗蓮・夢露、馬丁・路德・金，為什麼沒有查理斯・曼森的系列呢？他也是名人啊！郵票上只有像軋棉機或蒸汽機那些老式的發明，為什麼就不能有一些現代的重要發明呢？比如說隆乳。嘿，這樣我會變成集郵愛好者。這種郵票可以成雙成對地發行。當然，男人們會兩面都舔舔。

這個段子到現在為止看起來非常流暢。我過去組合過的很多段子中都有一個分類叫「備用」，用來放那些不知道該如何安排的笑話。這個段子中的笑話基本上都是用笑話探勘器寫出來的，由於這是一個邏輯化的過程，因此寫出來的笑話也更加趨於系統化。但如果你已經就同一個話題收集了一

整年的笑話，那該怎麼辦呢？當你嘗試把它們整理到同一個段子裡時，會發現並不是所有笑話都能按照適當順序安排進去。千萬不要把沒用上的笑話丟掉，在下一個步驟中，你就能找到適合它們的位置了。

修改，修改，再修改

最後一步比前面三步加在一起還要複雜得多。你必須在措辭、編輯和重新排序方面不斷嘗試，讓笑話變成一個完整流暢的段子。在修改時，把這些笑話大聲讀出來，你很快就能發現是否有彆扭之處；從一個類別過渡到另一個類別是否顯得笨拙；哪個部分要重新寫過；哪個部分聽起來顯得生硬。在紙張或螢幕上，文字可能看起來已經很棒了，一旦把它們讀出來，缺點便顯露無遺了。

有四個指導原則幫助你修改段子。

引出段子

如果一走上舞臺就馬上開始講第一個笑話，那會顯得很不自然，你得像日常聊天一樣帶出話題，可以用以下三種方式來達成：

陳述話題

其目的是以對話的方式引出話題，所以這裡的「陳述」不是指簡簡單單地說：「我想聊一聊郵局的話題。」這樣做不算是糟糕的方法，但如果一場演出裡有好幾個段子，這種

方式就容易顯得重複又囉嗦。你有很多方式可以引出不同的話題，請不要問老掉牙的問題：「在座有多少人……？」想一些新穎的方式吧！

表明笑點前提

有時候光陳述話題是不夠的，因為一個脫口秀段子需要有更多的資訊讓它合情合理。在這種情況下，表明你的笑點前提，包括它的負面觀點，這會為你設計的段子添加必要的資訊。僅僅從笑話地圖中複製笑點前提是不夠的，你還需要把它寫成像是個尋常一般的想法。在笑話地圖中創造一個笑點前提是為了寫笑話，而不是為了表演。

表明鋪陳前提

有些段子在表明鋪陳前提的正面觀點時會有更好的效果，通常會以諷刺的方式來呈現。在這種情況下，要把鋪陳前提的措辭改得更加口語化一些，而不是直接從笑話地圖那邊抄過來。

該透過話題、笑點前提還是鋪陳前提來引出段子，最好的判斷方法就是把它們都試一遍，關鍵在於怎樣有最佳的誤導效果，怎樣不會洩露笑點。豐富的經驗有助於判斷。

加串詞

在不同類別之間可以靠串詞來銜接（它們也常被用在段子或笑話之間，但不是這裡所指）。我認為大多數的串詞都是在浪費時間，它們是老套的做法，像是脫口秀演員的陳腔

濫調，很多都令人討厭。我相信最好的串詞是當脫口秀演員停下來思考時，觀眾就知道接下來有一個新的話題、笑點前提、鋪陳前提或者新的類別。若一個段子沒有串詞會非常彆扭時，當然要想方設法把它們加進來，但一定要慎重。

改成對話式的措辭

大聲地說出笑話對於這一步尤其重要。這是指把笑話的用字遣詞改成與在社交場合說的版本一致。我會讓我的學生在開始表演前即興創作一個笑話，然後他們正式表演時，這個笑話的動作或語言模式改變了的話，班上每個人都會發現。基本上，你必須創造一個自然的表演模式，即使在不那麼自然的環境下也能有自然的表現。

尋找故事線

當你把擁有的各式笑話大聲讀出來，並排好順序之後，看看在這些素材中有沒有什麼模式能創造一個小的故事線。這裡的故事線不是指戲劇或電影的情節，而是一個能有邏輯地串聯同類笑話的迷你小故事。它可以只是有關去哪裡或者做什麼事情之類的簡單內容。

例如，當我把郵局的笑話大聲讀出來的時候，我注意到裡面藏著一個關於我去郵局、排隊、吐槽郵局、和郵局員工開玩笑，然後問他關於郵票問題的故事。這不是什麼能獲得奧斯卡大獎的情節，但它確實有一個行為和動機的過程，能把彼此相關的笑話串聯到一個表演段子裡。

基於這個理由，我會修改段子並解釋其中的一些改動。

增加和改動的部分都用底線標了出來，請自行找出哪裡是編輯過的內容。

作為開頭，我需要引入關於服務的笑話。我不認為非得要有笑點前提和鋪陳前提才能使段子聽起來合情合理，因此我選擇簡單直接地開始這個話題。為了達到更好的效果，必須找出能夠表達對郵局感受的用字遣詞。來看看下面的段子：

我想跟大家聊聊郵局，可我又不想生氣，但我實在辦不到啊！首先，郵局的標誌是一隻展翅高飛的雄鷹。是不是啊？它怎麼看都更應該是一個打瞌睡的懶人才對啊！郵局讓我覺得很不爽是因為它壟斷經營，如果它要像一個真正的企業那樣營運，情況應該和在印度成功開一家牛排店差不多。「郵局服務」這個詞語中的「郵局」和「服務」其實是一對反義詞。

注意，我透過表達憤怒，無法讓自己很聰明地說出好話的方式來引入話題，這樣反而非常聰明，且還添加了一些詞語，讓句子在大聲講出來的時候更流暢。

現在，我必須把「排隊」笑話加到「服務」笑話後面。然而，「服務」類的最後一個反義詞笑話與「排隊」類第一個關於「馬特洪峰」的笑話並不搭。我選擇先拿掉「馬特洪峰」的笑話，並不是要扔掉，而是先放到「備用」分類中，之後找到合適地方再來用。我真正捨棄的是「關窗口」的笑話，但為了進入下一個想法，開頭仍需要有一個過渡：

這麼說你們就明白了，我當時已經排隊排了十分鐘，但

<u>是隊伍卻變得越來越長</u>，所以我大喊：「隊伍越來越長了，是不是該請你們關掉其中一個窗口呢？」他們就真的關掉了一個窗口。

我不太滿意，因為它讓一個長笑話變得更長了。但我認為這個笑話好笑，所以到現在還可以接受它。我還加了一個字「請」，它有助於建立一個目標假設：「開放另外一個窗口」。

接下來我把「郵局員工」類的笑話整合到「服務」類中。如之前所述，第一個關於槍的笑話裡，用詞太像文字笑話了，因此我嘗試讓它更口語一些。

<u>也許我們現在對郵局的人太苛刻了</u>。畢竟，他們其實挺有效率的，我的意思是說，當他們用槍的時候。嘿，他們的口號就是這樣啊：無論風霜雨雪，<u>還是昏天黑地</u>，都阻止不了他們的子彈。<u>但我不理解的是</u>，怎麼會有這麼多郵局的員工被他們的同事殺掉，他們應該是被滿腔怒火的顧客殺掉才對啊。

當我評估這個類別的其他笑話時，發現照片牆的笑話並不是很適合，所以把它剔除，歸到「備用」裡。這類別的其他笑話如下：

<u>聽我抱怨了這麼多郵局的事情</u>，一名郵局員工跟我說：「你不能侮辱我們郵局員工。」我說：「為什麼不行？」他說：

「因為我們知道你住在哪裡。」我說：「得了吧，即使你跟在我後面，你最後也會走錯到別人家裡。」

變得更好了。這個類別去掉「最佳員工」的笑話之後，整體性更強了。但我仍然十分喜歡「最佳員工」的笑話，因此要在後面把它加進來。

從「郵局員工」類連接到「郵票」類笑話的時候還是有點跳躍，這正是需要添加串詞的一個例子，但我想讓它更有邏輯、更簡短，避免脫口秀演員常見的陳腔濫調。有時候，表述一個笑點前提或鋪陳前提會成為令人滿意的串詞，但這裡我是透過繼續和郵局員工聊天來建立連結。

為了換個話題，我問他：「為什麼那些設計郵票的藝術家從來沒有紀念過郵局呢？」他說：「我想他們是擔心人們把口水吐在郵票上錯誤的一面吧。」

接下來的幾個笑話不能單獨成立，所以需要設計一個關於笑點前提的對話版本。

還有一些事情讓我覺得很煩惱，為什麼郵局有很多紀念瑪麗蓮·夢露和馬丁·路德·金的名人系列郵票？我想知道的是查理斯·曼森的系列郵票在哪裡呢？他也是一個名人啊！還有，郵票上只有像軋棉機或蒸汽機那些老式的發明，為什麼就不能有一些現代的重要發明呢？比如說隆乳？嘿，這樣我也會考慮成為一個集郵愛好者。這種隆乳郵票可以成雙成對

地發行。當然，男人們會兩面都舔舐。

剩下的笑話放在「備用」類別裡：

我不介意排長隊，假如我最後排完隊能到達阿爾卑斯山馬特洪峰的話。

我瀏覽郵局的照片牆，特別留意到了一張繃著臉、噁心、下流的照片，喔，原來是他們的當月最佳員工。

很多引導介紹、串詞和小對話片段都被改寫了好幾次，直到完成最滿意的版本為止。聽說知名劇作家尼爾·賽門（Neil Simon）會將他的戲劇修改二十至三十次，組合一個脫口秀段子也一樣，可能需要把素材翻來覆去地打磨很久，直到感覺對了為止。

我的修改還沒有完成。首先，我想要把手上的寶石全串在一起，看看能否成為一個有清晰故事線的脫口秀段子。在進行這一步時，再次把段子大聲地讀出來，檢查是否需要重新排序、編輯、增加連續笑點，或者是否能找到地方添加放到「備用」裡面的笑話。以下內容改動的部分用雙底線標注出來。

想跟大家聊聊郵局，我不想生氣，可我實在辦不到啊！首先，郵局居然膽敢把自己的標誌設計成一隻展翅高飛的雄鷹。對，沒錯，它怎麼看都更應該是一個正在打瞌睡的懶人才對啊！郵局讓我覺得很不爽是因為它壟斷經營。如果它要

像一個真正的企業那樣營運，情況應該和在印度成功開一家牛排店差不多。「郵局服務」這個詞語中的「郵局」和「服務」其實是一對反義詞。有一天，我正在郵局排隊，我瀏覽郵局的照片牆，特別留意到了一張繃著臉、噁心、下流的照片，喔，原來是他們的當月最佳員工。我當時已經排隊排了十分鐘，但是隊伍卻變得越來越長，所以我大喊：「隊伍越來越長了，是不是該請你們關掉其中一個窗口呢？」他們就真的關掉了一個窗口。也許我們現在對郵局的人太苛刻了，他們其實挺有效率的，我是說他們用槍的時候。嘿，他們的口號就是這樣啊：無論風霜雨雪，還是昏天黑地都阻止不了他們的子彈。但是我不理解的是，怎麼會有這麼多郵局的人被同事殺掉，他們應該是被滿腔怒火的顧客殺掉才對。聽我抱怨了這麼多郵局的事情，一名郵局員工跟我說：「你不能侮辱我們郵局員工。」我說「為什麼不行？」他說：「因為我們知道你住在哪裡。」我說：「得了吧，即使你跟在我後面，你最後也只會走錯到別人家裡。」為了換個話題，我問他：「為什麼那些設計郵票的藝術家從來沒有紀念過郵局呢？」他說：「我想他們可能是擔心人們把口水吐在郵票上錯誤的一面吧！」還有一些事情讓我覺得很煩惱，為什麼郵局有很多紀念瑪麗蓮·夢露和馬丁·路德·金的名人系列郵票？我想知道的是查理斯·曼森的系列郵票在哪裡呢？他也是一個名人啊！還有，郵票上只有像軋棉機或蒸汽機那些老式的發明，為什麼就不能有一些現代的重要發明呢？比如說隆乳？這種郵票可以成雙成對發行的，這樣我也會考慮成為一個集郵愛好者。當然，男人們會兩面都舔舐。

備用項

　　我並不介意排長隊，假如我最後排完隊能到達阿爾卑斯山馬特洪峰的話。

　　這就是在紙張和螢幕上能做到最好的程度了。請注意我把「最佳員工」的笑話和我在郵局排隊的串詞放了進去，這使「關閉窗口」笑話的開頭顯得多餘，所以我將它剔除了。「馬特洪峰」的笑話也先保留，我其實不太喜歡它。此外也更換了「發明」笑話中連續笑點（1）和（2）的順序，這樣的講法更好。

　　最後還有一個問題：有兩個笑話關於口水，其中有一個是「在錯誤的一面吐口水」，另外一個是關於隆乳的笑話，兩個我都喜歡，所以會依實際表演時的效果，再決定保留哪一個。

　　當然，這只是一個初稿，稿子並未完成，也永遠不會完成。在排練和表演的時候還會再做改動，然後修改，修改，再修改。整合一篇脫口秀稿子不是一個目的，而是一個過程。

06

視角

脫口秀演員在講段子或表演段子時會在三個視角間轉換，這是不可或缺的技巧，但是，這項關鍵基本功卻從未有人系統性地分析、討論，並清晰地總結該如何運用。而一旦瞭解使用方法後，你會發現它對於脫口秀表演和讓觀眾發笑有多重要。本章在開頭會定義三個基本視角，附錄三則提供練習機會，教你如何在表演時轉換於三個視角之間。

- 敘述者視角：身為事件的非參與者或觀察者，你是如何看待這件事情的？
- 本人視角：身為事件的參與者，你本人是如何看待這件事情的？
- 角色視角：身為事件中的其他人或他物，你是如何看待這件事情的？

敘述者視角

身為事件的非參與者或觀察者，你是如何看待這件事情的？在敘述者視角中，脫口秀演員並不會直接參與笑話，而是觀察、報告、談論或敘述。這是講述型脫口秀常用的方法。例如，下面的笑話以敘述者視角講述：

昨天晚上，我跟朋友巴布聊天講到前兩天在開車，在停車號誌那裡停下來的時候，有輛車從後面撞上我的車了。巴布問我有沒有受傷，我跟他說我得問過律師後才知道。

只要脫口秀演員把笑話中的場景講出來，而不是演出來，就是敘述者視角。

本人視角

身為事件的參與者，你本人是如何看待這件事情的？使用本人視角時，脫口秀演員參與到事件中，把笑話演出來，就好像它正在發生。因為觀眾想跟脫口秀演員一起體驗，所以如果能直接參與到正在發生的情境中，而不是只聽到描述，觀眾會覺得更有趣。下面是同一個笑話，使用了敘述者和本人兩個視角。

敘述者：昨天晚上，我跟朋友巴布聊天說道：

本人：「我前兩天開車，在停車號誌那裡停下來的時候，有輛車從後面撞上我的車了。」

敘述者：巴布問我有沒有受傷，我跟他說：

本人：「我得問過律師後才知道。」

請務必充分瞭解敘述者及本人視角的差別，因為這兩者都是「你」，所以很容易就會搞混。也請記住，敘述者視角做的是解釋、鋪陳、觀察，或講述你並沒有參與其中的事件；而本人視角則表示你有參與或正在重現一項體驗。

角色視角

身為事件中的其他人或他物，你是如何看待這件事情的？角色視角是脫口秀演員可以演出來的人或物，包括人物、模仿、動物、物件、概念，情緒等。下面是同一個段子，使用了敘述者、本人、角色三個視角。

敘述者：昨天晚上，我跟朋友巴布聊天說道：

本人：「我前兩天開車，在停車號誌那裡停下來的時候，有輛車從後面撞上我的車了。」

角色：「你受傷了嗎？」

本人：「我得問過律師後才知道。」

因對話能讓觀眾有參與感，所以如此演繹笑話會更有趣。在我的課堂上，曾有學員把角色視角演繹得淋漓盡致，從而征服了舞臺，他們重現了家庭聚會、商務會議、開派對等場景，甚至有個學員把腦中的各種想法都演了出來。這需要一定的表演能力和技巧，才能清楚地區隔不同的角色，讓觀眾在複雜的場景中跟隨著你。但這樣做是值得的，因為它能讓脫口秀表演變得更加好笑。

不同的脫口秀演員有不同的視角風格，且每個演員都會有意無意地用到視角技巧，有些觀察型脫口秀演員只用敘述者視角；以角色為主的脫口秀演員會化身為各種角色來表演。而對大多數脫口秀演員來說，三種基本視角都會在表演中使用到，如何使用完全由你自己決定。

視角練習

為了說明如何將基本的視角應用到脫口秀中,我設計了一個簡單有趣的練習,練習中會以一場爭論作為例子,分四輪進行。第一輪,只以本人視角進行爭論;第二輪,站在爭論的另一方,只使用角色視角;第三輪,在本人視角和角色視角之間來回轉換;第四輪,使用所有三個視角,從敘述者視角開始設定場景,然後在本人視角和角色視角之間來回轉換以描述爭論,在這個過程中也會偶爾跳回到敘述者視角做一些評論。

選擇一個爭論

如果你能選擇一個真實發生的爭論,練習的效果會好很多。當然,也不必是發生在你身上或跟現實完全一樣,只是作為引導,讓你可以輕鬆地開始,接下來就即興發揮。在練習中你可以盡量說出在真實的爭論中沒有說的話。請避免選擇剛發生或太過傷心的爭論,反而會加大練習的難度,這個練習的目的是幫助你學習一項脫口秀技巧,而不是來一場心理喜劇治療。

以下是練習的幾個有效指導原則(僅限於此練習):

- 必須是你(本人視角)和另外一個成人(角色視角)之間的爭論,不是動物、小孩、卡通人物等。
- 另外一個成人(角色視角)必須是你可以描述出來的人。因為第二輪只表演角色視角,你必須變成這個人,

從他的角度表演他對於這個爭論的觀點。

- 爭論必須是面對面發生的（不是打電話）。
- 爭論必須有多個議題，以便能持續進行三至四分鐘。

請見附錄三，遵照上面的指導原則，選擇一個爭論。如果你還不理解敘述者視角、本人視角和角色視角是什麼，請回頭閱讀前面的內容。如果你理解了，也選擇好了爭論點，請開始以下的練習。

第一輪：僅本人視角

第一輪中，只用本人視角對著想像的角色視角爭論。站位方式如下：本人視角與角色視角面對面說話。同時，你必須確定觀眾的位置，因為最終這些視角是表演給觀眾看的，他們會影響你的走位。為了獲得這個場景的基本資訊，請回答下面的問題：

角色視角站在哪裡？

你在和誰爭論？

角色視角穿什麼？

這場爭論在哪裡發生？

你們在爭論什麼？

還有一件事情：記得聆聽你想像的角色視角要說什麼。當你講完一個論點，停一會，想像角色視角在反擊，你會發現這樣做能大幅改變爭論的方向。

回答完上述問題，並且準備用本人視角對著想像的角色視角展開爭論後，開始第一輪練習。如果三至四分鐘後，爭論自然而然地進入了高潮，就先停下來。但如果爭論一分鐘左右就結束了，則需要重新選擇一個可以持續較久的爭論議題，並重新開始。

完成後，想一想你學到了什麼，把重要發現寫下來，然後開始第二輪（請見附錄三）。

第二輪：僅角色視角

第二輪，你只以角色視角來發言。也就是說，你成為角色視角的那個人，站在他的角度爭論。要做到這一點，你必須改變位置，走到角色視角原來站的位置。第二輪可能會遇到一些挑戰：你需要完全放棄在本人視角所持的立場，站在爭論的對立角度說話，並完全理解角色視角如何考慮問題。開始第二輪之前，如果能確定角色視角的性格會很有幫助，一旦抓住這個人的特點，進入角色展開爭論就會容易很多。下面是兩個表演方面的小技巧：

為這個角色選擇一個不同於本人的聲音

如果你選了一個特定的聲音，會更容易進入這個角色。如果你是男生，而角色視角是女生，可以試著提高音調，用假音發聲。相反，如果角色是男生，就降低一點音調。若角色有獨特的聲音特質，盡量去模仿。不需要完全準確，這個練習不是教你如何模仿要刻畫的人，只需改變聲音，抓住這個人聲音的精髓。選聲音的時候要注意，必須是你可以在爭

論中持續說話的聲音。

為這個角色選擇一個不同於本人的姿態

不同的姿勢、神態或身體特徵能幫你快速抓到角色的特質。如果是男生表演女生，可能需要用更柔美的肢體語言；如果女生表演男生，則需要更加陽剛的姿態。與上一點相同，模仿不需完全準確，只需抓住精髓，並確保此角色的聲音能夠長期維持。以下是創造角色的幾點提醒：

> 該角色的音調如何？（高或低）
>
> 該角色講話聲量多大？（輕柔或大嗓門）
>
> 該角色講話有什麼特色嗎？（大舌頭、口吃、有鼻音）
>
> 該角色有特殊腔調嗎？（方言、語言）

先試著揣摩角色視角的聲音和姿態，找到相對舒服的感覺再開始。如果你覺得無法進入角色，那就重新選擇一個爭論，找一個你認為可以刻畫的角色視角再開始。跟第一輪一樣，你要想像爭論的對方會說的話，這時也就是你本人會說什麼，這樣才可以保證爭論持續進行。

一切準備就緒之後，開始第二輪，把爭論的另一方通過角色視角演出來。和第一輪一樣，爭論要持續三至四分鐘，如果只能維持一分鐘，回到第一輪重新開始。完成後，把你的感想寫下來，進入第三輪（請見附錄三）。

第三輪：本人視角和角色視角

在第三輪，你得扮演本人視角和角色視角，並在兩者之間來回轉換。這需要先試幾次，再進入爭論的情境。

站穩腳步改變上半身方向

當你要從本人視角轉到角色視角的時候，向另一邊邁一步，將上半身的方向換到對立面，找到角色視角的聲音和姿態，並以最小的動作完成角色轉換。

想像你正面對著假想觀眾，試著來回轉換幾次，讓自己不費力地從本人視角轉換到角色視角的聲音和姿態，然後再回來。越來越熟練後，只需要用腳後跟換個重心就能完成轉換，更高級的技巧甚至只需要轉動臉龐就能完成。

我堅持腳步一定要站穩的原因是，我發現很多人在轉換視角時，會有些奇怪的行為，像是從一個角色小跳步轉換到另一個；有些還會倒退幾步來轉換，這讓視角之間離得太遠，需要走動才能到達；更奇怪的是有些人會用低頭彎腰的方式轉換角色，真的令人匪夷所思。

保持面對同一方向

一旦決定了其中一個視角的方向，就要整場維持相同方向。例如，如果一開始本人視角在左邊，角色視角在右邊，就必須保持不變。若接下來搞反了，甚至都站在同一邊，觀眾會感到非常困惑。

表演者必須始終面對觀眾

在臺上轉換角色時，需保持四十五度角。現實中的對話是面對彼此的，但這會使表演者在臺上背對觀眾，因此即使不夠接近現實，也請為了美觀而保持面對觀眾。

讓笑點展現出來

通常這時候場景會慢慢產生幽默感，請記住，所有笑話的核心都是對同一事物的兩個解讀，也就是說，任何的視角轉換也都包含了兩個解讀。

允許兩個視角之間說一些噁心、諷刺、惡毒、侮辱和平時一直想說卻怕傷害人而不敢說的話。爭論可以一直進行下去，但請注意，這不是心理劇，而是一個喜劇技巧練習。因此，記得讓笑點自然地展現出來。

當你能夠自然地從本人視角向角色視角做轉換的時候，開始第三輪。如果爭論自然而然地到達高潮和結尾，就這樣進行下去，如果不行，那就結束在爭論的高潮，大約四到五分鐘左右即可。把焦點放在是否能夠輕鬆轉換到角色視角，以及轉換時是不是持續面對著觀眾，如果在其中發現了一些好笑話，記下來。完成這一步後，進入第四輪（請見附錄三）。

第四輪：本人視角、角色視角和敘述者視角

在第四輪，得做三個視角的練習。你已經練習過了本人視角和角色視角，現在需要加入敘述者視角。關於敘述者視角，有以下幾點要注意：

站穩腳步改變上半身方向

與前一輪相同，站穩腳步面對觀眾，並以改變上半身方向來轉換視角。

敘述者只對觀眾講話

敘述者隱形在場景之間，並對觀眾講話，而此視角也是唯一直接跟觀眾講述的視角。本人和角色視角處於場景中，並不知道觀眾的存在，得跟敘述者視角做出清楚區別。

敘述者建立場景

敘述者會負責建立起場景，告訴觀眾「角色視角是誰」「為什麼有這個爭論」「發生在哪裡」，敘述者視角站在場景外，並幫助建立場景中的本人、角色視角，這有助於敘述者視角能時不時出現來變換場景或者吐槽場景。

別用敘述者視角分析場景

敘述者視角置身事外，所以容易讓人產生想分析或改善問題的毛病。請再次注意，這一切不是心理學基礎課程，而是喜劇基本技巧課程。若真的有該分析的地方，應該火力全開地用敘述者視角做出負面評論。

敘述者提到本人視角時用第一人稱

一般在講故事時，若為本人視角，講的就是自己的故事，所以提到自己時，自然會用第一人稱「我」，而不是自己的名字。

一旦敘述者建立好場景後，就可以進入到本人或角色視角來爭論，跟第三輪一樣。爭論的雙方有五到八次轉換後，透過對觀眾說話，以跳出爭論進入敘述者視角。這有助於在你與觀眾之間保持本人視角和角色視角的畫面形象化，方便做評論。然後再跳出敘述者視角，進入本人視角或角色視角繼續爭論。同樣在進行五到八次轉換後，跳出場景進入到敘述者視角，對當前正在發生的事來點吐槽。

舉個例子，有個嬌小可愛，頭上常戴著一個蝴蝶結的金髮學生，她在課堂上表示不理解什麼是「根據場景來評論」。我請她示範一下她的爭論，她小聲謹慎地開始。

敘述者：嗯，這是我和我男朋友的一次爭吵。
本人：「你個混蛋，看我不踢爆你！」
角色：「看我不擰下妳的頭，掐斷妳的脖子！」
本人：「我讓你早上醒過來就懷疑人生。」

這時候，我告訴她：「跳出來！」而她這樣做了。我站在她旁邊說：「看看這兩個吵架的人，你發現什麼了嗎？」她叉著兩隻手，嘆著氣。

敘述者：他們很愛對方。

大家哄堂大笑，笑聲持續了兩分鐘。當然，評論不需要這麼極端，可以用一些諷刺，比如：「有人帶拳擊手套了沒？」或者：「太好了，我完全變成我爸了！」懂了嗎？

開始第四輪，跳到敘述者視角五至六次，一共進行五到七分鐘，然後結束，或者讓爭論自然結束。

現在坐下來，回想一下整個過程。你用三個視角完成這場爭論，把當中的區別記下來。如果因此獲得有趣的點子，可以考慮把它發展成整篇段子。如果不是很有趣，請參考附錄三的練習表重新執行一遍，並在這次選擇一個更有趣的爭論。

你已經瞭解如何用三個視角建立場景，多練習幾遍直至熟練轉換，並藉由這四輪的練習把一場爭論用不同視角表達出來。由於透過角色視角、敘述者視角和本人視角來體驗這場爭論，記憶會有很多細節，宛如全像攝影一般。

簡化版視角練習

在開始階段把這個練習分成四輪，是為了讓你清楚定義三個角色，並學習如何區分它們。你也可以把整個流程壓縮成一輪，只做第四輪，從敘述者視角建立場景開始，然後通過轉換本人視角和角色視角將事件表演出來，再時不時跳出來，進入敘述者視角加一些吐槽和評論。

當然不需要每次都用爭論來練習，但是選擇能激發情緒的場景會更有效果。可以試試涉及懷疑、厭惡、內疚的一些場景，如果臺詞裡缺少激烈情緒，可能很快就會變得無聊，因本人視角和角色視角沒有對話的激情。如果還不理解基本的視角和站位，無法把四輪練習簡化為一輪，那就繼續練習至熟練。

視角的應用

在所有的脫口秀技巧中,「視角轉換」是一項極為強大的工具。你對視角探索越多,越能運用它來展現自己的搞笑風格。以下是視角的一些應用方式:

笑話結構

前面曾經提過,所有笑話都是對一件事情有兩種解讀:目標假設（預期的假設）和再解讀（意料之外的解讀）。一旦對此有了深刻的理解,你會發現有很多方式可以實現它,其中一種就是視角轉換,從敘述者視角轉到本人視角,或者從本人視角轉到角色視角,或者從角色視角轉到敘述者視角。這能構成笑話結構,因為它包含了從兩種視角出發的解讀。以下是一個視角轉換的例子:

> 敘述者:我看見好久不見的姪子,他到處都穿了洞。
> 角色（姪子）:「你覺得如何?」
> 本人:「你看起來像被散彈槍打過。」

一開始先用敘述者視角（處於場景外）建立起場景:看到姪子「到處都穿了洞」,這時可以感受到敘述者對身體穿洞的看法,身體穿洞是連接點。接著轉到角色視角（處於場景內）,姪子問說:「你覺得如何?」這時創造了姪子覺得「穿洞很酷」的目標假設,然後進入本人視角（處於場景內）,用再解讀表達「穿洞看起來很糟」的想法,並帶出笑點:「你

看起來像被散彈槍打過。」請看圖解十九：

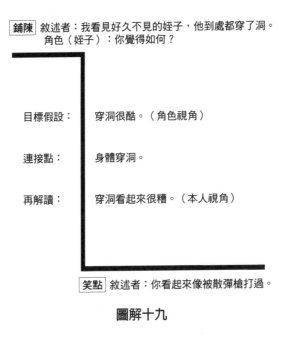

鋪陳 敘述者：我看見好久不見的姪子，他到處都穿了洞。
角色（姪子）：你覺得如何？

目標假設： 穿洞很酷。（角色視角）

連接點： 身體穿洞。

再解讀： 穿洞看起來很糟。（本人視角）

笑點 敘述者：你看起來像被散彈槍打過。

圖解十九

　　請注意這個笑話如何從角色視角轉到本人視角，以及對連接點「身體穿洞」不同的兩個解讀，從而符合笑話結構。這兩個解讀不是針對語言或物品，而是兩個人或視角如何看待相同的事情。

　　這裡的場景、視角解析清楚說明了情境喜劇與搞笑電影中的笑話結構。所有的喜劇、幽默與笑話，它們的基礎都是對同一事物的不同解讀，而三個視角間的轉換能讓一件事情有兩種，甚至三種解讀。

創造素材

　　每個笑話都會涉及關係和環境，我常常把這些相關的資訊視為「體驗」。由於視角轉換是構成笑話的一種機制，每當你改變位置變成另外一個人、動物、物品，或者假裝身處某個特定環境時，體驗的資訊就會變成笑話的素材。在探索本人視角或角色視角的心理時，你會驚訝地發現這種體驗非常有深度。比如我的一名學生大衛講了個車被拖吊的段子，他來到拖吊場，遇到了管理員，他必須付錢才能取回車。大衛第一次講這個段子的時候，只說管理員和他打了個招呼，接著講了幾個關於車的笑話。我建議他去探索管理員的角色視角，並讓這個角色說說話。

　　大衛花了些時間表演管理員，探索這個角色看待世界的方式，找到了管理員會說的話。第二週上課的時候，他的這個段子中，管理員變成了說話沙啞、自以為是的人。

　　大衛：嗨，我是來取車的。

　　管理員：不用講那麼多廢話。難道你是來看車展模特兒的？還是來參觀園藝展的？喔，你趕上好時候了，我們院子裡的蒲公英正盛開呢！哪輛破車是你的？

　　大衛：藍色法拉利。

　　管理員：哈哈。你是那輛破福特車的車主啊？（對著後面的助手講）嘿，盧，把那輛帶著爛車貼的破福特車取出來。盧，你欠我十塊啊——他來取車了。現在賭粉紅色的小破車，你想賭多少？雙倍？還是不敢下注？

這些段子不是光拿紙筆，或者坐在電腦前思考就能想出來的。唯有去想像在這種特定情形下，你自己或者角色會有怎樣的行為，才能創作出這些段子。而最好的方式就是變成角色，通過即興發揮來探索當時的情境。

將笑話帶到當下

如果你把段子演繹得像是當下正在發生的事情，效果會大幅提升。很多表演方面的書都提過，即便一段對話發生在過去，演員也必須把它演成像正在發生的情境，許多表演老師也都不斷重申這一點。

現在把這一理論套到視角中。由於敘述者視角是不參與事件的觀察者，所有內容都是以過去、將來或想像的時態呈現，這並沒有問題，而且是段子鋪陳的必須內容。但如果整段，甚至整場脫口秀都只用敘述者視角，便無法將情境帶到當下。當你使用本人視角和角色視角時，代表情境的參與者，這就相當於在觀眾面前再現了當時的情境。作為例子，以下是我的學生丹尼在上課時講的段子：

昨晚我老婆從臥室出來，問我新裙子是不是顯胖。我跟她說，沒有，屁股上的贅肉才顯胖。

這個笑話不錯，但完全從敘述者視角講述，如果可以加入本人視角和角色視角，效果會好很多。第二週上課的時候，丹尼將內容改成了這樣：

> 敘述者：昨晚我老婆從臥室出來，然後她這樣……
>
> 老婆：（像女人一樣轉一圈）「新裙子是不是顯胖？」
>
> 本人：「沒有，親愛的。屁股上的贅肉才顯胖。」

同樣的笑話、同樣的觀眾，但這次得到的笑聲更多。透過表演，彷彿老婆就在那裡聽著丹尼殘酷地揭露笑點，使這個笑話更有效果了。這個例子很好地說明了把笑話帶到當下可以產生巨大威力。

識別和演繹角色視角

只要開始去識別素材裡所有角色視角，你會吃驚地發現它們能大幅地提升段子的效果。最基本的方法是不要告訴觀眾某人或某物說或者做了什麼，而是將自己轉變成這個人或物件，讓角色說、讓角色做。在喜劇領域，角色演繹是最容易被忽略的一個技巧。但是，那些能在表演中演繹多種角色的脫口秀演員都知道這一招是多麼地有效果。

我的另一個學生馬修有一段關於「訪談節目越來越爛」的脫口秀表演，其中一個段子是採訪阿諾·史瓦辛格（Arnold Schwarzenegger）。這個想法很有趣，但是，若馬修可以成為訪談中的阿諾會更有意思。第二週，馬修在段子中模仿了阿諾的奧地利口音，驚豔全場：

> 敘述者：我聽說他們在考慮為阿諾開一檔訪談節目。可以想像節目會是這樣子的：
>
> 模仿阿諾：「我們來到這裡是為了——消滅你們。今日

是阿諾的時間，把自己打扮成蕩婦，不然我就走了。[1]」

當然，角色視角不僅限於人，也可以是動物。很多人已經習慣將自己的想法和感覺投射到動物身上，你也可以再進一步，選擇在表演中演繹動物。我的一個學生約翰闡述人和動物如何用不同的方式感知時間，創作了下面這個關於貓的段子：

如果人類的一年相當於貓的七年，那麼對於貓來說，一天相當於一週。所以下午六點左右，我的貓一定在想：「他永遠不會回來了。他可能流浪去了。我得學會用開罐器才行。可是，我的指頭得先要能彎曲啊！」

角色視角也可以是物件，例如車、廁所或者身體的一部分，甚至可以是抽象的東西，例如情緒、失衡的思想，或是家庭諮詢，幾乎任何東西都可以變身成角色。只要你想像得到，角色視角沒有任何限制。

李察·普瑞爾是演繹各種不尋常角色的大師。如果想要好好學習一下如何使用視角轉換，尤其是角色視角，去看普瑞爾的表演，你會看到他演繹各種充滿創意的角色。在心臟病系列中，他的心臟和他對話；在非洲之行段子中，土著人的臭味把他包圍了起來；而我最喜歡的是他對煙槍的演繹，這一段是喜劇歷史上最精彩、最有深度和最具悲劇性的脫口

①此處諷刺史瓦辛格的性醜聞。

秀表演之一。

表達你的觀點

　　如果在脫口秀表演中可以呈現脆弱，表達出真實的想法和感受，你會驚訝地發現很多觀眾跟你有共鳴。這可能是蘭尼·布魯斯（Lenny Bruce）在喜劇界的首創。多數人對他的印象是在表演中說髒話並惹上了官司，但正是因為他願意以笑話的形式表達自己的真實想法，從而開創了一種全新的脫口秀風格，也改變了創作笑話的觀念。在布魯斯之前，喜劇演員要不是在臺上講能引起笑聲的任何一種笑話，就是發展出一種滑稽的性格。蘭尼·布魯斯發現他喜劇的聲音就在自己的腦中，而不是在用來取悅觀眾的笑話裡。既幸運又不幸的是，他腦中想的都是性、毒品以及相關的社會議題。布魯斯勇於表達個人觀點，為下一代的脫口秀演員，像是喬治·卡林（George Carlin）、理查·普賴爾、伊萊恩·布斯勒（Elaine Boosler）、比爾·希克斯（Bill Hicks）、山姆·基尼森（Sam Kinison）等，開創了一條無限寬廣的喜劇道路。

　　當選擇了自己的一次體驗，並從本人視角和敘述者視角來即興表演時，其中強烈的個人觀點會讓你感到驚訝。把體驗演出來，帶到當下，是坦誠自我的大好機會，因為這樣做不會有任何後果。在脫口秀表演中，你可以把所有一直在思考，但又害怕表露的想法講出來，例如，嘉莉·斯諾（Carrie Snow）對男人有這樣的看法：

　　我一直想有個蹲監獄的男朋友，因為這樣我就一直能知

道他在哪裡了。

　　用角色視角演繹能帶來更多自由，借用角色，你可以在觀眾面前說出或做出本人絕不會當眾說的話或行為。如果觀眾覺得受到冒犯，你可以將其歸咎於角色視角，只要找到合適的方法，脫口秀演員可以講任何話題，且不會給自己帶來麻煩。我曾在為男性脫衣舞秀做開場表演的時候，說過一個我認為很好笑但平常絕不會直接講出來的笑話，尤其在全是女性的觀眾面前。這個笑話是這樣的：

　　女性那麼想要平等的權利，但她們願意為它而戰嗎[②]？

　　這是個好笑的笑話，但是如果直接講出來，觀眾肯定會討厭我。身為表演藝術者，我聰明的腦袋想到了一個解決方法：讓笑話裡的一個角色來說，這個角色不會意識到這樣說有多冒犯人。我代入了一個角色叫巴比・荷爾蒙（Bob Hormone），這是個上衣扣子不扣，到處叫女人「寶貝」，還喜歡用手指模仿手槍指著別人來打招呼的浪蕩公子哥。這個笑話從他嘴裡說出來很「合適」。經由巴比的嘴說出這個笑話，使他看起來是真的有此想法，且還會做出這一類評論來嘲諷女性的蠢蛋，段子有了一個恰當的情境，最後的效果不錯。當你用視角轉換進入一次體驗或者即興表演時，常常能發現人們盡力在公開場合回避的想法和觀點，而身為脫口秀

---

②原文為："Sure women want equal rights — but are they willing to fuck for them ？" fuck for them 是 fight for them 的類諧音哏。

演員，你的任務是勇敢地把這些觀點表達出來，但請記得用笑話結構去表達。

將視角合併

視角的基本概念其實非常簡單，但會以多種變化交織在一起，構成一場複雜的表演。有時得表演身處一個場景但同時敘述著動作；或是進入角色表演時還得用本人聲音講述故事。例如喜劇演員傑克‧寇恩（Jack Cohen）就曾在表演與高速公路隔壁車道女子調情，一會是自己開車，一會是女子開車，同時還講述著故事，請看例子：

（假裝邊開車邊看別台車的女子）

敘述者：我開在這位漂亮女子的隔壁，但我因為太害羞所以慢了下來。

（變成該女子）

敘述者：她竟然慢下來了。

（開著自己的車）

敘述者：所以我也慢下來了。

（變成該女子）

敘述者：她又慢下來了。

（演自己，表現狂妄）

敘述者：這時我開進了公路收費站。

這裡無法把所有視角組合都一一列出來，所以你需要自己去實驗、探索。記住，視角轉換是建構笑話的簡易手段，

每次轉換間都能組成笑話結構，放去嘗試吧！

排練的基礎

　　下一章會講到視角轉換就是排練流程的基礎。先預告一下，通常講一件實際發生在自己身上的事情時，會是最搞笑的，所以排練的時候，不僅要演繹本人視角，還要演繹敘述者視角和相關的角色視角，這種排練方法就相當於在表演中完整重現回憶，比僅僅背誦笑話要厲害得多。

　　說到風格，其實沒有所謂的對錯，只要視角轉換夠靈活，就能消化所有風格。越嘗試就越會發現它有助於：清楚的舞臺走位、創造素材、把笑話帶到當下、識別及演繹角色、表達你的觀點、排練和表演。視角轉換能為你打開一扇喜劇之門，進去之後你會看見無限可能，且演繹不同角色視角也著實充滿樂趣。

07

排練

很多人認為，喜劇演員要做的就是記住一堆笑話，然後站到舞臺上講出來而已，其實並非如此。你有沒有遇過這樣的情形：同樣一個笑話，在一個地方講的時候博得滿堂喝彩，在另一個地方卻鴉雀無聲？這個情況正好說明了脫口秀表演遠遠不止講笑話那麼簡單。

脫口秀秘訣 10 ▶

讓觀眾發笑，這就是喜劇演員演繹笑話的方式

是什麼讓一個笑話變得好笑的呢？能夠洞悉現場情況，並結合周圍環境的資訊去演繹笑話，讓現場觀眾開懷大笑，這是喜劇演員的功力。讓觀眾持續發笑是一種需要創意的能力，要有豐富的經驗才能做到，就算技術分析能掀開喜劇結構的神秘面紗，喜劇演員讓觀眾笑出來的才華仍然是魔法般神奇的存在。

身為老師，我發現學生們在舞臺表演方面的問題遠比笑話創作的問題多得多，也更需要去克服。笑話創作的問題可以通過練習、時間積累和個人努力逐漸改善，但舞臺表演的問題若不妥善解決，學生們的水準會一直止步不前，而幾乎所有的表演問題都是因為不恰當的排練造成的。

你有沒有過這樣的經歷：在朋友、家人、同事面前或聚會上談笑風生，把大家逗得樂不可支，然後你想著：「如果在舞臺上也能這樣，那我肯定能成為一名偉大的脫口秀演

員！」你的想法是對的。如果在非正式場合表演能逗笑別人，在正式的脫口秀表演舞臺，同樣可以有非常出色的效果，兩者成功因素是一樣的。

來研究一下，當你非常搞笑時是怎麼一回事。（我這裡說「非常搞笑」的意思是指自然的表演，而不是乾坐著講網路老段子。）你說的是一件親身遭遇的故事，把它演繹得好像重新發生了一次，並把當時的感覺滔滔不絕或添油加醋地說出來，化身成故事裡的其他人物，甚至變成裡面的動物或物體，在聽眾大笑的時候，你會停下來讓他們笑個夠，再根據他們的反應，有時口若懸河，有時慢條斯理，毫不擔心究竟是自己真的這麼好，還是酒精帶來了迷幻的效果。總之，最重要的是，你們都從中得到了極大的樂趣。

要在脫口秀的舞臺上展現真正的幽默感，你必須表現得像平時一樣幽默風趣。這一章指導的排練技巧，能幫助你自然而然地複製出幽默感，隨時為你所用。透過經驗可知，導致表演中丟失自然幽默感的首要因素，就是不恰當的排練。

脫口秀秘訣 11 ▶

排練時是什麼樣，演出時就是什麼樣

如果你排練時前後走動、低頭看地，心裡不停想著自己下一句應該說什麼，那麼你表演時也一樣會前後走動、低頭看地，心裡不停想著自己下一句應該說什麼。與此相反，如果你在排練一個笑話的時候，表現得好像這件事真的在你身

上發生過，假裝跟某個觀眾互動，並且從自己的段子中獲得樂趣，那麼你表演的時候，也會表現得彷彿親身經歷過這個段子，跟觀眾也會產生自然互動，並且從中得到樂趣。

使用非自己所想的方式去排練段子，我通常把這種錯誤稱為「牛奶送貨員症候群」。這個概念來自我進階班上的一個學生，他有很好的幽默感，但每次表演時，都會忘掉排練過的一切，我進一步詢問排練的細節，他表示自己是一個牛奶送貨員，所以總在開車送牛奶的過程中排練。聽到這裡，立刻突顯問題所在。這名學生照我指示回到舞臺，坐在高腳凳上，並把雙腳擱在一張課桌上，假裝正在駕駛送牛奶的卡車，雖然有點尷尬，他還是接受了這個離奇的要求。令大家都感到驚奇的是，當他擺出和排練相同的姿勢時，表演也完美地重現了當時的樣子。

舞臺表演會模仿排練時的狀態，因此，找到一種能把幽默自然表現出來的排練方法，非常重要。這就是本章的目標。

創造者和批評者

「創造者」和「批評者」是你性格的兩面，對於一個職業幽默家來說，兩者都很重要，但他們必須處於平衡的狀態，創造者不斷冒出新主意，批評者則從技術層面來雕琢表演。如果兩者發生了衝突，他們可能會不知不覺地給你帶來麻煩。

「創造者」的功能是創作和表達，他憑直覺行事、充滿想像力、感情充沛、好玩有趣、渴望表達，而且無懼於犯錯，他就是你的內在小孩，只要好玩，完全不管是對還是錯。在

脫口秀裡，創造者負責探索笑話的源頭，就算在排練時也不停探索，並透過一些方式，把笑話裡讓觀眾發笑的部分傳達出來。

「批評者」專注於改善和打磨。你性格裡的這一部分充滿睿智、客觀現實、理性分析、目標導向和負責決策，批評者就好像你內在小孩的父母，他堅持把事情做對，非常謹慎地行事，且能注意到所有的錯誤，希望這些錯誤都能得到改正。當你準備脫口秀演出時，批評者會負責把你的笑話打磨成符合結構的笑話，並把這些笑話組織成適合演出的內容。

當我們試圖讓他們同時存在，創造者和批評者就會發生衝突，兩者的功效也會相互抵消，這個問題正是低效率的排練所致。例如，在排練笑話時，喜劇演員可能會讓批評者突然介入，在內在對話中打斷正在進行的流暢負面評論。以下是常見的情形：

創造者：一個男人走進懺悔室，他對牧師說……

批評者：爛死了，這哪裡是牧師，明明是神父。你哪裡不對勁啊？太蠢了吧？這是神父。來，重新來過。

創造者：一個男人長進……

批評者：長進？你在幹什麼？從頭開始！

創造者：一個男人走進懺悔室。

批評者：你今天還沒去繳帳單呢，肯定要交滯納金了。你停下來幹嘛？你這個白癡。重新再來！

如果在排練時表現得既有創造性，同時又自我批評，其

實就是把批評者帶進你的表演裡了。這個概念很重要，記住：你怎麼排練，你就會怎麼表演，所以，如果把批評者排練進了表演裡，還想在表演時隨心所欲？做不到。批評者在舞臺上只會分散你的注意力而已，就和它在排練時對你做的事一模一樣。

真正的問題來了，你所有的精力都放在對表演效果的評估上，而不是專注於表演，於是頭腦變得一片空白，甚至忘掉自己的笑話。批評者會讓你搞砸演出，迫使你更辛苦地去集中注意力，更糟糕的是（是的，情況還可以變得更糟糕），你會開始忽略觀眾的反應。在這樣的情況下，怎麼可能收集到必要的資訊去演繹你的笑話，讓觀眾發笑呢？這是不可能的。就算勉強記得笑話，它們可能也無法獲得笑聲。接下來，當然就又輪到批評者履行它的神聖職責，去批判你為什麼會發生這樣的問題。

把創造者和批評者分開

你必須訓練自己的創造者和批評者各司其職、獨立運作。在準備創造和表達的時候，只做一個創造者；在準備改善和打磨笑話的時候，只做一個批評者。這聽起來很簡單，但說永遠比做容易得多。很多人一輩子都在耗費大量的時間批判自己，甚至不知道這種做法從什麼時候開始，什麼時候會結束，就算想假裝這種自我批評不存在也沒用，如果這樣做，批評的聲音會變得更大，有時大到滿腦子都是這樣的聲音。有些喜劇演員為了讓聲音停下來，不得不尋求酒精和藥物的幫助。

　　批評者是為了幫助你改善，所以也不能完全擺脫他們，與此同時，又不想讓他們干擾創造者自由創造和表達的能力，因此，理想狀況就是創造者和批評者互不侵犯對方的領地。怎麼做到這一點呢？

區隔不同的位置

　　你必須規畫出兩個獨立的位置進行排練：一個分配給批評者，稱為「批評者位置」；另一個則分配給創造者，稱為「創造者空間」。

　　在此要特別強調，這一個步驟對排練來說極為重要。因為這麼多年來，創造者與批評者同時存在，這個條件制約著你，所以大腦不會認為這是兩個獨立存在的功能。但當你把它們各自分配到不同的位置時，神奇的事發生了：大腦把這兩個功能分開看待。持續一段時間後，大腦最終會明白，讓創造者和批評者獨立運作，效率會提高很多。

　　為了把創造者和批評者真正分開，必須嚴格地區隔它們的位置。當你以創造者的身分在創造者空間時，絕不允許批評者過來打擾；當開始批評者的工作時，停下來，走到批評者位置上去整理你的想法；當你覺得可以把批評者拋在腦後去練習了，再回到創造者空間開始排練。

　　當你在創造者空間完成了練習，穿過房間走到批評者位置上，鼓勵他發表各種評論。記住，批評者的出發點是正面的，就是為了讓你改善和打磨笑話，但他只能在你走到批評者位置時才可以說話，你需要批評者的協助，但只能等到完成排練或創造之後。

當大腦習慣了這種區隔，你在排練時會倍感自在，不再受到批評者負面評價的困擾，同時也能注意到，在批評者地點時，你會很享受自己的意見回饋，因為這樣不會干擾或打斷創造者。你能輕易接受批評，並且感激批評帶來的貢獻。

為什麼要排練？

巧合的是，「排練」（rehearse）這個詞與古挪威語「hervi」有著久遠的關係，指一種耕作用的，類似耙子的工具，而排練正是這樣用於「精耕」表演的工具。幽默逗趣是創造性藝術，所以應該把自己的表演當作成長中的作物，排練就像犁地施肥，這樣表演才能茁壯成長。

脫口秀秘訣 12 ▶

笑話是對某些體驗的回應

自由且無目的地創作段子時，其實是在回應某些感官資訊，這些感官資訊是從現實或者腦海中的記憶或想像裡獲得的。我們不能編造一個什麼都沒有的笑話，除非這個笑話就是關於「什麼都沒有」，但這樣「什麼都沒有」就變成了這個笑話裡「有」的東西了。笑話的誕生過程是這樣的：先從腦海裡的一則資訊開始，然後整合成笑話的結構，最後表達出來。現實中的事件發生以後，會當作回憶，或巧妙加工成想像，然後重現出來，這些感官資訊都稱為「體驗」。

　　如果你想展現自己自然的幽默感，首先必須回憶起體驗，然後才能以笑話的方式說出來。同樣地，要記住你的表演內容，就要把這些體驗植入腦海裡，以便把它們以想像、回憶以及真人真事的形式表達出來。這就帶來一個大問題：你是如何透過重現體驗來說笑話的呢？

大腦透過畫面、聲音和感覺來記憶

　　大腦透過感覺，即視覺、聽覺、感覺、味覺和嗅覺的內容來接收資訊，僅此而已。因為我們無法重現實際的味道和氣味，能記得的只有畫面、聲音和感覺，這也就是瞭解、儲存和重現資訊的方法：通過耳聞目睹和親身感受來瞭解現實資訊，然後以畫面、聲音和感覺的形式把資訊儲存在腦海裡（無意識地這樣做），在重現資訊時，也是透過畫面、聲音和感覺來執行。

　　舉個例子，如果問你今天早上起床後做了什麼，你可能會這樣說：「我關掉鬧鐘，鑽出被窩，然後洗了個澡。」你是怎麼記得這些內容的呢？肯定不是透過死記那幾個描述的字眼，而是眼前閃過了你實際做這些動作的畫面，包括伴隨著的聲音和感覺，這些畫面、聲音和感覺就構成了「體驗」。

感官體驗觸發人的行為

　　可能你沒意識到，行為也是經由畫面、聲音和感覺產生的，它們從現實進入腦海，儲存在潛意識裡，或者透過記憶的方式重現於眼前。怎麼說呢？舉個例子吧：當你看到一個極具吸引力的異性，那一刻的情景透過感官進入腦海，你會

聯想過去跟某個令你興奮的人的性經驗，而且會相應地對眼前的人想入非非，希望與對方共赴雲雨。這些感官體驗導致的結果就是讓人興奮起來，如果反應夠強烈，你可能會忍不住想去結識對方，然後被拒絕，最後重新變回一個自我克制的人。這些行為，都由當時透過感官、記憶或想像獲得的畫面、聲音和感覺所觸發。

文字不會觸發人的行為

大腦處理畫面、聲音和感覺的歷史已經有幾百萬年，但語言發展得相對較遲，因此人類的大腦並不是天生用來記憶文字的。

文字是用來描述體驗的符號，由於它們只是用來表達內容的載體，所以不會像實際體驗那樣打動人。文字就好像菜單，體驗才是真正的菜餚，如果透過硬背文字來排練笑話，就好像是去餐廳吃菜單一樣。文字並不是事情本身，舉個例子：「有趣」這個詞，把它說出來、寫下來，或者想起來，不會令人覺得好笑，但如果這個詞讓你想起了某個曾經歷過的有趣畫面、聲音和感覺，你就會笑了，讓人笑出來的是「有趣的經驗」，而不是「有趣」這個詞。

死記文字是最糟糕的排練方式

死記笑話的文字是最常見的排練方式，而正是這種方式令表演出現前面提到的那些問題。剛入門的喜劇演員最容易犯的一個排練錯誤，就是把一件真的在他們身上發生過的趣事壓縮為傳聞逸事，並且逐字逐句地去死記硬背。問題在於，

讓一個笑話好笑的大部分資訊，其實都取決於喜劇演員在故事當中的反應，當他們用記憶、複述和背誦的方式說故事時，腦海裡不會產生畫面、聲音和感覺，故事會因此失去衝擊力和幽默感，因為演員已經不再把這件事當作實際體驗來處理了。

有些經驗不足的老師堅持要你記得笑話裡的每一個字，問題會進一步惡化，因為腦袋通常用畫面、聲音和感覺來記憶，死記文字是違反天性的。這些老師還會讓情況變得更複雜，他們要你在背誦笑話的時候，表演得「自然一點」。一邊叫人表演得自然一點，一邊叫人做些不自然的事，最後學生們進退兩難。

死記文字的過程就是在腦子裡一遍又一遍地複述這些文字，直至背誦得一字不漏。因此，使用這種方法的喜劇演員站上舞臺時，他需要在腦子裡提取出這份背熟的稿子，先對自己複述一遍，然後才能對觀眾說出來。表演者會忙於對自己說話而無法跟觀眾建立很強的聯繫，也就收集不到必要的資訊，更無法以能逗笑觀眾的方式來演繹自己的笑話，也許內容能完美地說出來，但肯定不會好笑。

死記文字還會帶來「情感分裂」的問題。因為文字並不能驅動行為和情感，但情感是你和觀眾之間的終極聯繫紐帶，如果表演貌合神離，觀眾也會如此。你的情感或高或低，由此會帶來有高低起伏的笑聲，觀眾希望在這樣的笑聲中體會坐雲霄飛車的感覺，而不是來聽一大堆背得滾瓜爛熟的文字，如果只是來看一個人把文字背得一字不差，那根本就不算娛樂或休閒了！

　　就算你真能把內容記得一字不漏，也算不上有效的溝通。根據加州大學洛杉磯分校的教授亞伯特・梅拉比安博士（Dr. Albert Mehrabian）的研究成果，在《無聲的資訊》（Silent Messages）一書中，他揭露了人類三種不同溝通方式的相對效率：

肢體語言：55%。
聲音語調：38%。
文字：7%。

　　文字在溝通方式裡只占百分之七，而百分之九十三的溝通內容都是透過肢體語言和聲音語調來完成的。所以死記和複述笑話裡的文字真的是超級沒效率，與此對應的高效方式是對於體驗的回應，這種方式驅使我們用肢體語言和聲音語調溝通。

　　你可能會說：「但是在脫口秀裡面，文字的重要性比平常要大得多。」好，那麼把文字的重要性翻倍，讓它占到百分之十五，這仍然把百分之八十五的溝通留給了肢體語言和聲音語調。不管你怎麼剖析，在人類溝通中，非語言的表達都遠比語言表達重要。

　　我知道你想問：「但是，如果不先記住文字，要怎麼記住自己的笑話呢？」

記住體驗是最好的排練方式

　　這一點看起來好像很難，其實一點也不，你從出生以來

就一直這樣做了。你有沒有什麼關於家庭或朋友的故事？你說過很多遍，在講這個故事之前，需要回憶什麼文字嗎？當然沒有。你只是把它當作一個體驗記住了。

這裡介紹的排練流程，能讓你的脫口秀表演在腦海裡變得生動活潑，就好像那些熟悉的故事一樣。如果想在舞臺上表現出你的自然幽默感，就必須把笑話以體驗的形式記住。

透過畫面、聲音和感覺的方式來記住自己的表演，你會從中受益良多。體驗就存在於你的稿子裡，它會影響肢體語言、聲音語調和其他行為，從而讓表演變得引人入勝。你將會全情投入，觀眾也有機會因你的情感起伏而坐上雲霄飛車，且由於注意力都放在觀眾身上，你更有機會找到方法來演繹笑話，並讓觀眾大聲笑出來。這樣能保證表演一定好笑嗎？當然不，但至少不會讓你用不自然的方式來表演。

「但是，」你可能會說：「有時我需要用特殊的方式來說故事啊！」沒問題，記住體驗不代表不讓你用特殊的方式說故事。確實有些笑話必須用特別的語言表達方式，你要學習的是，需要用上特殊的語言表達時，該如何回憶起與之相應的畫面、聲音和感覺，這和講述自己體驗過的故事是一樣的。

把畫面、聲音和感覺轉化成語言是很普通的過程，例如，以特定的名詞來描述住處，如「家」「公寓」「自用住宅」「行動房屋」等。你在這樣做的時候，頭腦裡會出現住處的畫面，然後用恰當的詞語來描述它。如果你仔細觀察住處的照片，會從中發現無數的細節：油漆、飾品、窗戶、玻璃、臺階、門、門鈴、門把手，可能還有樹、樹葉、樹枝、青草、野草、花圃、

鮮花、泥土、小徑、耶和華見證人等等。當你看見照片上這麼多的細節，怎麼能用「家」一個詞就形容完了呢？你已經「練習」過無數遍了，從住在那裡開始，就一直在「排練」。這一章的排練流程正是基於同樣的原則，如果學會了如何對體驗作出正確反應，你就能準確地說出想說的東西。

每個笑話都包含體驗

這是排練流程的核心。笑話是演員對某些體驗的回應，所以，如果你知道這是什麼樣的體驗，就可以用記住笑話的方式去重現它。例如，我的學生切卡莎寫了這樣一個笑話來反映她的家庭生活：

我是一名單親媽媽，獨自扶養三個十幾歲的孩子……所以離家出走是個常常要面對的議題，但我還沒走。

正因為笑話的背後隱藏著自身養育青少年的體驗，才讓切卡莎想出了這個笑話，如果她想用同樣的情感、語調和動作去演繹這個笑話，就會先回想這些體驗。如果只是記憶詞彙，並無法觸發讓這個笑話變得好笑的各種行為。

對切卡莎來說，要透過這個笑話想起相關體驗很容易，因為它們都是她生活裡的真人真事。但如果有一個笑話內容並不是親身經驗，那麼你就要深刻理解這個笑話裡的情境，才能表演得活靈活現，達到最好的效果。例如以下這個從笑話書上看到的老笑話：

應該設一條法律，規定酒吧的高腳椅必須配備安全帶。

這個笑話裡的「體驗」是，經常有人喝醉以後從酒吧高腳椅上摔下來，因此才想出一個解決辦法，即配備安全帶。如果你不喝酒呢？如果你不曾從酒吧高腳椅上摔下來過呢？如果你的生活中完全沒有類似的體驗呢？你首先應該做的就是去瞭解這個笑話的情境，才能以「體驗」的方式，透過畫面、聲音與感覺記住它。

以不同視角去表演

用這些排練流程練習時，以不同的視角演繹笑話，有助於轉化成自身體驗。當你用三個基本視角來表演時，它不僅僅發生在本人視角，同樣也發生在角色視角，而敘述者視角則需要去觀察和評論這個體驗，運用多重透視能讓你對笑話中的事件有一種全像攝影記憶般的感受。現在是不是覺得這比死記硬背文字有趣多了？

不管你是否進入狀態，觀眾都會進入狀態

觀眾來到脫口秀表演的現場，就是想暫時把自己的現實生活放在一旁，準備從別人的生活裡找點樂子。不管表演者是什麼狀態，他們都會自然地跟隨著進入你的世界，不論是正面的還是負面的，只要你在某種狀態裡面，他們就會跟隨你。因此，如果你敷衍他們，他們也會敷衍你；如果你抱怨他們不笑，他們就會抱怨你不夠好笑；如果你全情投入，他們也會全情投入；如果你不和他們交流，他們也不會和你交流；

如果你在死記硬背笑話，他們就會看著你在那裡一字一句地讀笑話。由此我也得出以下原則：

用感官體驗重現，觀眾會進入你的電影世界

你是在背誦笑話，還是把笑話以感官體驗的方式呈現給觀眾，對他們來說有兩種完全不同的效果。如果你只是在死記硬背笑話，觀眾就會看著你「讀笑話」，相反地，如果你是以感官體驗的方式記憶和表演，觀眾會看到、聽到和感覺到很多你實際體驗過的事物。兩種方法都能得到笑聲，但帶給觀眾的衝擊力道是不一樣的，就像是道聽塗說和身臨其境的區別。

這裡有一個完美的例子，能說明所謂的「身歷其境」是什麼意思。最近我又在看比爾・寇司比（Bill Cosby）的脫口秀專場影片《比爾・寇司比：本尊》（Bill Cosby：Himself）。在我的記憶中，有一個片段特別令人欣賞，寇司比先生嘲笑那些拼命工作了整整一週，然後在週末瘋狂參加派對，把自己搞得筋疲力盡的人。我對其中一個場景記憶猶新：在一間淺色的浴室裡，有馬桶、蓮蓬頭、附鏡子的洗手盆、霧濛濛的窗戶、綠色的毛巾……。在這一段表演裡，寇司比先生跪在馬桶前，剛剛嘔吐完，接著他把臉放進馬桶裡猛搖，還慶幸裡面的水是冰涼的。

以上都是我根據自己的記憶描述的。在重看錄影帶的時候我大吃一驚，因為我意識到，這個場景其實是寇司比先生在空蕩蕩的舞臺上靠著一把椅子表現出來的。為什麼我的印象裡會有這麼多關於浴室的細節？答案很簡單，寇司比先生

用體驗的方式來記憶段子，讓他好像真的置身其中一樣，這種表演方式帶來的結果就是，觀眾也進入了他的電影世界裡，看到、聽到和感覺到他做過的事。不管他是什麼狀態，我的確也進入了同樣的狀態。

要把觀眾帶進你的電影世界，唯一的途徑就是把笑話當作感官體驗來記憶、排練、呈現給觀眾。只有透過這個方法，觀眾才能像獲得相同感官體驗地欣賞你的笑話，並打開那扇看不見的大門，融入到你的世界中。最後希望你明白一點，脫口秀不是做簡報，而是一種和觀眾的人際溝通，透過這種溝通，把他們帶進你的喜劇電影世界裡。要做到這一點，你必須先學會如何透過「體驗」來排練你的笑話。

08

葛瑞格・迪恩的
排練流程

關於設計這個排練流程的理由，在前面已經講了很多，現在把流程介紹給大家，共包括三個階段：準備，再現體驗，和透過記住體驗的方式把段子表演出來。

在每個階段會用不同的符號來標記你應該處於批評者位置（■）還是創造者空間（●）。每一步都請注意符號並站在相應的位置，你也可以先瀏覽一下附錄四的排練流程單。

來排練吧

排練的目標是把段子變成感官體驗，涵蓋三個視角，就好像真的發生在自己身上一樣，也能藉此記住表演的內容，使觀眾不僅在聽你講笑話，而是進入了你的世界。

跟其他技巧不同的是，這個排練流程並非按順序來，而是將各個階段交織在一起。你得評估笑話中的體驗，並根據此評估決定如何再現體驗、表演笑話。要能做到這一點，你需要反覆地進行各個步驟，直到對笑話能輕鬆做出回應。

你可以自由地設計排練過程。例如，步驟中的問題是幫你進入每一步的核心，如果你發現問其他問題更加適合你，不要猶豫，就用那些問題，同理，可能有一些步驟你得反覆做，或者乾脆跳過不做。由於每次體驗都涉及不同視角，對每個段子或笑話就要採用不同的排練方式。

階段一：準備

指定批評者位置（■）和創造者空間（●）

指定房間中的一個區域作為你的批評者位置：■，另一個區域作為你的創造者空間：●。

創造者空間必須面對觀眾，批評者位置則設在創造者空間的左後或右後方。在排練流程的各個步驟中，你的身體會在這兩個位置之間來回移動，這樣做有助於大腦在批判思維和創造思維之間轉換，兩者間距離約三公尺遠，如下圖解二十所示。

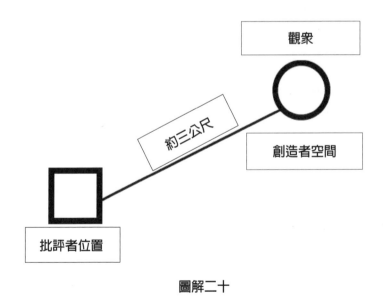

圖解二十

絕不能把你的批評者位置放在觀眾處，因為在練習中批評者就會眼睜睜看著你排練，正式表演時，批評者會處在第

一排，這非常糟糕，我們必須將批評者從排練跟表演中剔除。

如果排練位置照圖解二十安排，面對觀眾的會是創造者空間，批評者位置則會處於視野之外。當你站到批評者位置時，就能直指表演的問題並進行修正。但請注意不要讓兩者同時出現，不然就無法順利排練了。

■ 選擇一個要排練的笑話或段子

你在進行分析時一定要站在批評者位置，因為這是在打磨段子，而不是創作笑話。笑話內容是：

聽了我的意見之後，一個郵局職員跟我說：「你不能侮辱我們郵政人員。」我說：「為什麼不能？」他說：「因為我知道你住哪裡。」

這個笑話其實沒有發生在表演者身上，透過這個例子可以示範如何在排練時讓它確實「發生」在表演者身上。

■ 確認是什麼樣的體驗引發了這個笑話

這一步是整個排練流程的關鍵，所以多花一點時間去完全理解，一旦你掌握了精髓，其他步驟會變得很容易。

此部分的目的是確認笑話中的體驗。如果你研究一下，就會發現每個笑話都有一個隱含的世界，一個由人、動物、物件、關係、衝突、心理狀態、環境、事件、歷史構成的世界，這些元素互相交織共同帶來了幽默的一刻。想真正傳達出這之中的喜劇效果，首先要瞭解在這個「小宇宙」中發生了什

麼，而瞭解方式就是提出這個步驟中設定的問題或者其他你認為合適的問題。

> Q：為了讓自己對這個笑話有感覺，我應該有什麼樣的體驗？
>
> A：有一個很討厭自己工作的郵局員工，意外聽到了我對郵局糟糕服務的抱怨，警告我不要說這樣的話。我生氣地問為什麼，他威脅我說因為郵局的每個人都能知道我家的地址。

只有這個體驗才能引發出這個笑話嗎？對於這個笑話來說，其他解讀可能也都很類似，但是有些笑話可能有非常不同的解讀，只要符合邏輯，不損壞笑話幽默感，任何解釋都是可以接受的。

在回答問題時加入了太多無關資訊，導致很多人在這一步會犯下錯誤。回答應該盡量精簡，同時也注意，這一步並不是描述情緒反應。例如，我不會只是說：「我很不爽」，我確實很不爽，但一切起因於郵局糟糕的服務和與郵局員工的對話。情緒正是對一個體驗的反應。

■ 探索體驗的細節

在確定了笑話中的體驗之後，你需要瞭解更多具體的資訊，以便在階段二再現出來。提問能幫上你

> Q：在這次體驗中有誰，或者暗示有誰？

A：男郵局員工和我。

段子中並沒有明確表示郵局員工的性別，但是我把這個角色設定為男性，因為郵局槍擊案中襲擊同事的員工是男性。如果你覺得將女性角色加在笑話中會更搞笑，也可以這麼做。這時你可以把本人視角設置成另外一個角色，這樣笑話中就有兩個角色視角了。

Q：這次體驗發生在哪裡？
A：郵局排列的長隊中。

瞭解體驗發生的地點會影響表演的基調，發生地點不同，如海灘、電梯間、酒店或是家裡，表演者就會有不同的表現，還能夠藉此為角色視角的表現設定背景。

■ 決定如何再現體驗

接下來，把所有資訊整合在一起，決定如何表演出這個體驗。這時候需要你用想像在腦海中組織整個體驗，以便在階段二中輕鬆再現出來。

Q：我想如何再現這個體驗？
A：我第一次進入創造者空間的時候，我會以「本人視角」呈現我自己，聽郵局員工警告我不能侮辱他們；我會問：「為什麼不能？」，然後聽他說：「因為我知道你住哪裡。」。第二次進入創造者空間，我會從「角

色視角」表演郵局員工意外聽到我在說郵局的壞話；
然後讓他警告「本人視角」說：「你不能侮辱我們郵
政人員。」。再來他會聽到「本人視角」說：「為什
麼不能？」，然後回應：「因為我知道你住哪裡。」。
第三次進入創造者空間，我會變成「敘述者視角」，
描述整個場景。

你的任務是創造一個體驗，讓自己可以記住體驗中的畫
面、聲音和感覺，且唯一正確的方法就是「你的方法」。階
段一可能讀起來有些複雜，但是操作起來只需要一、兩分鐘。
現在已經瞭解笑話中發生了什麼，再來進入階段二，透過再
現體驗來排練。

階段二：再現體驗

在階段二，你得用所有相關視角演出這次體驗，並以畫
面、聲音和感覺的形式記住。

請注意，階段二中的步驟順序只是建議順序，此例子包
含三個視角，以下面的順序來說較為實用。但是，如果你的
笑話有多個角色視角、一個敘述者視角，且沒有本人視角呢？
那麼你就得調整階段二去因應這個段子。

對大多數人來說，會選擇在最後才用上敘述者視角，因
為其功能是觀察者，先做本人視角和角色視角能夠給敘述者
視角提供完整的素材。再補充一點，當你在批評者位置審視
創造者空間的表現時，有四種方法可以使用：利用想像力、

聽錄音、看錄影，或借助他人的觀察。這幾種方法都可以試試，然後找出最適合你的。

● 演繹本人視角

跳出批評者位置，來到創造者空間，演繹這次體驗中的本人視角。為了幫你瞭解在這次體驗中該如何表現，提出以下問題。

Q：我在這次體驗中扮演什麼角色？

A：我聽郵局員工警告我說：「你不能侮辱我們郵政人員。」我回應：「為什麼不能？」我聽郵局員工說：「因為我知道你住哪裡。」

很重要的一點是，請花一些時間聽角色視角說的話。這聽起來有點怪，但是這時會發現其實是角色視角支撐起了整個對話。

■ 評估

回到批評者位置，讓他接管這個過程，並給你一些回饋：你對本人視角的演繹是否逼真？你說的話是否恰當？

Q：我演繹本人視角的方式能讓我對這個笑話有感覺嗎？

A：是的，我感覺我就在那裡，能自然地回應。

如果你對自己的表現不滿意，或者覺得還缺了些什麼，

重新回到創造者空間，再次演繹本人視角。

● 演繹角色視角

為了讓你能進入體驗中，提出以下問題。

Q：在這次體驗中，其他人或物是如何表現的？

A：我會以角色視角演繹郵局員工，他聽到本人視角在侮辱郵局，然後他警告說：「你不能侮辱我們郵政人員。」他聽到本人視角回應：「為什麼不能？」然後角色視角回答說：「因為我知道你住哪裡。」

現在進入創造者空間，從角色視角演出郵局員工。場景一樣，但是角度不同，保持演繹的真實、簡潔，不需要胡言亂語。完成後進入下一個步驟。

■ 評估

演繹完這次體驗後，你可以評估對角色視角的演出是否保持著笑話結構。提出問題，看看是否達到了預期結果：

Q：我對角色視角的演繹方式能讓我對這個笑話有感覺嗎？

A：是的。我，作為郵局員工，聽到本人視角吐槽郵局，然後警告他。我聽到他的回應後告訴他，所有郵局員工都能知道他的地址。

如果對這個問題的回答是「不能」，就返回創造者空間再次演繹，直到對這個笑話有所回應。

● 演繹敘述者視角

敘述者視角得直接對著觀眾講話，所以排練的時候，假裝前方就是觀眾。想瞭解如何描述前面的演繹，試問以下問題。

> Q：我想用什麼樣的描述方式？
>
> A：我會說有一位郵局員工偶然聽到我說了一些侮辱郵局的話，然後他替郵局員工出頭：「你不能侮辱我們郵政人員。」然後跟觀眾解釋我是如何問他：「為什麼不能？」以及他是如何回應的：「因為我們知道你住哪裡。」

進入創造者空間採用敘述者視角，來描述本人視角和角色視角的互動，但不要演出來，如果在這個過程中想到一些巧妙的評論，可以把它加進來。記住，敘述者角色不直接參與情境，但還是有情感上的連接，也有觀點，只是得從旁觀者的角度描述而已。

你現在已經從三個不同的視角將整個笑話以再現體驗的方式表演出來了。聽聽看批評者會說些什麼。

■ 評估

回到批評者位置，留意你是否已經把這個笑話所有必備

元素都表演完畢。現在你的頭腦中應該已經把笑話化為了畫面、聲音和感覺。挺酷的是吧！想知道如何改進，提出下面的問題：

Q：我對三個視角的演繹方式能讓我對這個笑話有感覺嗎？

A：我相信如此。我精確地表演了本人視角和角色視角，當我站在敘述者視角時就能夠講出這個故事並保持笑話的結構。

如果你能從敘述者視角描述場景，並保留了笑話的完整性，那麼就做對了。如果有缺失，記下來，重新回到創造者空間，把缺失的部分演繹出來，讓整個體驗完整，然後採用敘述者視角，就可以將他們描述出來。請注意是否有遺漏重要詞彙，一旦你意識到哪些元素需要調整，修改工作就容易多了。

階段三：練習表演

這一步的目的在於透過記住體驗的畫面、聲音和感覺來練習如何表演。現在整個體驗已經在你的腦海和身體裡了，因為曾以三種視角演繹過，它成了親身經歷。難處在於要說服自己相信：記住這樣的體驗會使你自然地對這個笑話有回應。

如果把重點放在正確記住笑話內容，就會在腦中形成一

個由文字構成的畫面或者陷入默念,而這正是你要盡量避免的,自然狀態下的幽默是對體驗的反應,如果讓自己進入這個體驗中,就能記住這個笑話並對它有所回應。

這個排練流程有很多的優點,能解決表演中的大多數問題,但也可能帶來一個困擾,即廢話太多。因為你針對包含大量細節的畫面、聲音和感覺作回應,可能會因此迷失在感官的環境中,無法進入笑點部分,要克服這一點,就需要大量的練習。最初幾次練習的時候,說一些廢話是可以的,在你的批評者位置,留意那些廢話的部分,要求自己聚焦在笑點上。

允許自己講廢話是一把雙面刃,它的優點是能透過探索體驗的細節,幫你發現新笑話,但是,如果在排練某個特定演出,想要去掉所有多餘細節,廢話就會是個大問題了。

我的建議是先講笑話,沒有廢話。完成這部分之後再進行探索。

■ 決定如何將體驗傳達給觀眾

花點時間探索你想如何表演這個段子。你想以本人視角和角色視角表演?還是想完全從敘述者視角講這個故事?或者是兩者的結合?你不需被選項困住,可以多加嘗試,但一定得從確立策略開始。你可以提出以下問題:

Q:我想如何演繹三個視角來表演出這個笑話?

A:我會先從敘述者視角開始,描述一個郵局員工是怎麼在旁邊聽到我講話,然後我進入郵局員工角色視角

說：「你不能侮辱我們郵政人員。」然後再回到本人
視角站的位置回應：「為什麼不能？」然後回到郵局
員工的位置說：「因為我們知道你住哪裡。」

● 表演笑話或段子

現在只需要進入創造者空間，練習把這個體驗傳達給觀
眾，記住這個體驗的畫面、聲音和感覺即可。注意，你排練
時是什麼樣子，表演的時候就會是什麼樣子，所以排練的時
候開心點。

關於表演練習，要把脫口秀演員所有搞笑反應都寫出來
是不可能的，但是只要做好準備，你的搞笑反應自然就會出
現。現在想像一下你在表演這個笑話，可能是這樣表演的：

敘述者視角：昨天，我在郵局排長隊的時候吐槽他們服
務真爛，一個郵局員工聽到了我說的話。他說：
角色視角：「你真的不應該這樣侮辱我們。」
本人視角：「喔，是喔，為什麼不能？」
角色視角：「因為我們知道你住哪裡。」

請注意笑話中的措辭有些改變。你可以自由改變本人或
角色視角的措辭，因為笑話是對體驗的真實反應，如果總想
著要把原來的笑話一字不差地背下來，就是誤解排練流程的
重點了。

■ 評估表演

　　評估是保證你演出品質的關鍵。在這一步，你得評估笑話是否緊湊、是否保留結構完整、是否喜歡自己的表演。為了幫助你更好地評估，可以提出下面的問題：

Q：我有沒有簡潔有序地把體驗傳達給觀眾，同時又保持
　　了笑話的結構？
A：笑話符合邏輯，也保留了笑話的結構，但還可以再簡
　　化一點。

　　如果你不喜歡你的表演，再來一次；如果你喜歡你的表演，再來一次；如果你不確定，再來一次；再來一次之後，再來一次。重點是要對笑話中的體驗有感覺、有反應，這樣在表演的時候，才會像親身體驗過一樣。你確實親身體驗過，在排練的時候體驗過了。

　　如果還有其他問題要問自己，那就問：我喜歡我的表演嗎？我有講廢話嗎？我保留了笑話的完整性嗎？有搞笑嗎？笑點如果由另一個視角來說，會不會更好笑？如果你對表演有任何不滿意的地方，想一想怎麼改，然後回到創造者空間重新演繹各個視角，或者重新表演一次。如果你對自己的表演很滿意，重複幾次直到熟練它，反覆表演能更加自然地演繹笑話。

　　講廢話是表演的敵人，雖然你有很多要去看、去聽、去感覺的資訊，還是要學習把重點放在讓人覺得好笑上。下面這個版本就是廢話過多的例子：

敘述者視角：昨天，也可能是前天，不重要啦。反正就是有一天，我在郵局排著長隊。我在那裡貼著郵票，看著郵箱。我討厭郵局，所以開始說它的壞話。這時候有個工作人員聽到了我說的話，他很不開心，所以走過來告訴我他的想法。他跟我說：

角色視角：「你知道嗎，我們工作很努力。你剛才說的關於郵局工作人員的話很讓人討厭，你真不該說這種話。你懂我的意思嗎？」

敘述者角色：所以，我跟他說……

本人視角：「不知道，我不知道你在說什麼。我想說什麼就說什麼。這是個言論自由的國家，我為什麼不能說？」

角色視角：「因為聽到你這樣侮辱他們的人都知道你的地址，所以他們知道你住在哪裡。」

還是同一個體驗，但是描述太長了，不僅讓笑話變得累贅，結構也亂了。從以往的經驗來看，這個版本還不是最誇張的，有的學生甚至可以把一句式笑話講成一篇小說。

如果你想到了新笑話，思考如何加進來成為段子，那就去創造者空間，把它加到體驗中，進行排練。排練獲得滿意成果後，再練習其他內容。

以上就是排練流程的「簡介」。好吧，其實沒有那麼簡單，但這樣的練習是很值得的，因為它能把你對笑話的體驗變成畫面、聲音和感受，而不是要你死背內容；也能從中學會如何區隔創造者和批評者，透過分開排練讓你在表演的時

候不會自我批判；你還學習了如何從多個視角演繹笑話。掌握這些知識後，大腦和幽默感會自然運作，如此一來你就能在舞臺上展現與生俱來幽默風趣的一面，把觀眾帶入喜劇世界。

現在輪到你了，用附錄四的排練流程單，練習其中幾個笑話。

09

麥克風的使用技巧

基本注意事項

對於初次上臺的人來說，在沒有任何經驗的情況下使用麥克風是很嚴峻的考驗。一開始或許會覺得麥克風像難看的男性生殖器，而且還拖著一條煩人的線在地上，但如果你掌握了技巧並稍加練習，使用麥克風就會像第二天性一樣自然。也許你很快就會對它產生依賴感，因為只要有了麥克風，你就能蓋掉觀眾的聲音，掌控場面也會變得簡單許多。

建議在彩排的時候，可以使用一個物品來代替麥克風，這樣一來，正式演出時拿著麥克風也會自然許多，據學生反映，他們甚至會把繩子綁在大湯匙、梳子或棍子上練習。當你和觀眾都意識不到麥克風的存在時，就代表充分掌握它的使用技巧了。

以下是一些基本注意事項，當你在舞臺上使用手持麥克風表演時會用得上。

當你踏上舞臺時

- ✓ 不要整個演出過程都把麥克風留在麥克風架上。
- ✓ 切記在表演開始時就把麥克風從架子上取下，並把麥克風架放到舞臺後方。經驗法則：除非你的表演需要用到雙手，否則請一直把麥克風握在手裡。
- ✓ 別往臉的方向硬把麥克風拉離麥克風架，我看過有人因此打斷鼻樑、撞腫眼睛和斷了牙齒。
- ✓ 將臉移開再把麥克風從架子上拿下。
- ✓ 別從上半部拿起麥克風架，它可能會鬆脫，而在一開

始就毀了表演。

✓ 握住栓紐處或架子下半部再拿起麥克風架。

如果麥克風發生故障

✓ 不要用手敲打麥克風。

✓ 確認開關鍵是否已經打開。

✓ 不要扭動麥克風底部的插頭。插頭由電線連接至麥克風，裡面有彈簧，可能會因為扭曲而導致器材產生永久性的損壞。

✓ 將麥克風底部的插頭插深一點，保持良好的連接。

✓ 不要突然拉扯麥克風的線。電線或者牆上的插頭很容易會鬆脫。

✓ 確認插頭是否已經插在牆上或者舞臺邊。

如果故障仍然沒有排除

✓ 切勿大發雷霆，或者抱怨這家俱樂部的設備不佳。這只會讓你看起來非常不專業。

✓ 禮貌地通知負責人。隨後把麥克風放回架子上，並把麥克風架放到一邊，提高你的音量，盡最大的能力繼續表演。

如果麥克風正常但是你聽不到自己的聲音

✓ 切勿大呼大叫，會讓觀眾誤以為這是表演的一部分。如果麥克風是開著的，你更會傷害觀眾的耳朵和喇叭。無論是哪一種情況，都會讓你看起來像個混蛋。

✓ 說話稍微大聲一點，逐漸提高音量直到能聽見自己的聲音，或者詢問觀眾能否聽得見，他們能聽到比較重要。有一種舞臺稱為「靜音舞臺」，指的就是擴音器離舞臺前方太遠，觀眾能聽到表演者的聲音，但表演者完全聽不到自己的聲音。

如何拿麥克風

✓ 不要用麥克風擋住臉的下半部。

✓ 拿著麥克風時讓它能輕輕接觸到下巴，觀眾想看見你的臉部表情。

✓ 不要正對著麥克風講話，這會使聲音變得扭曲，且呼吸聲會產生雜音。

✓ 對著麥克風的頂部以上講話。很多手持麥克風是全向式的，它們採集的聲音只要在特定距離內，任何角度都是一樣的，並記得把麥克風拿在脖子高度。

如何處理麥克風的線

✓ 不要直接踩在線上，它們會捲在你的腳邊，轉身時就可能纏住你的腳。

✓ 輕輕地把線移動到靠近觀眾的一側，讓線離你遠一些，這樣在舞臺上的移動就會更自由。

✓ 不要一直把線踢來踢去，觀眾會因此盯著你的腳而不是專心聽脫口秀。

✓ 可以偶爾用腳把身前的線移開。

✓ 移動的時候不要踩到線上，因為這樣會把麥克風從手

上拉掉或者損壞麥克風的插頭和線。

✓ 偶爾往下看，注意線的位置。

✓ 不要把線纏到拿著麥克風的那隻手上，你移動時會因此拉到線，這不但看起來很傻，還可能把線和麥克風直接從手上或者牆上扯掉。

✓ 讓線垂在你前方。最初也許看起來怪怪的，但很快就會習慣了。再強調一次，如果你把線靠向觀眾，它就不會影響你了。

✓ 不要把線纏到你另外一隻手的手腕上。

✓ 讓另外一隻手能夠自由地做肢體動作。

✓ 不要上下摩擦麥克風的線，這看起來有點下流。

✓ 當你沒有在做肢體動作的時候，將手放身側。

做肢體動作時

✓ 不要用持麥克風的手來做肢體動作。你的手和麥克風會因此從嘴邊移開，觀眾就聽不到你在說什麼了。

✓ 用沒拿麥克風的手來做肢體動作。當你需要做轉換時，就可把麥克風從其中一隻手換到另一隻手。

當大吼時

✓ 別朝著麥克風大吼，這會傷到觀眾的耳朵，或毀損麥克風。

✓ 把麥克風放到一邊，只用自己的聲音大吼。

調整麥克風架時

- ✓ 在調整麥克風架高低時，不要完全鬆開調節鬆緊的零件。如果你忘記該往哪個方向轉，很可能要花上整整一分鐘才能使麥克風架恢復正常。
- ✓ 鬆開調節鬆緊的零件時，記得踩住麥克風架的底部來固定它，之後再調整、轉緊。如果沒有立即轉緊，說明你轉的方向是錯誤的。
- ✓ 別花時間把麥克風架調整到完美的高度，卻在後來又把麥克風從架子上拿開並把架子放到身後。
- ✓ 把麥克風從麥克風架拿下時速度要快一些，隨後把麥克風架放到一邊。

應對突發狀況

- ✓ 不要忽略意外和錯誤。比如麥克風突然從手上掉落、碰翻麥克風架、麥克風線纏住腳，或任何一個意外事件。
- ✓ 接受發生的一切並處理它：把麥克風放回麥克風架上、把麥克風架放回原處，或者把線從腳上解開。如果你忽略這些問題，觀眾會一直盯著它，直到你處理好為止。

離開舞臺時

- ✓ 不要把麥克風放在桌子或者地板上。
- ✓ 把它放回麥克風架上，這是麥克風架唯一的作用。
- ✓ 別把麥克風架留在表演開始時放的位置。

✓ 把麥克風和架子拿到臺下，主持人回到臺上時就會提到你的名字，並延長現場掌聲。

✓ 不要把麥克風扔給主持人。

✓ 如果主持人在你演出結束時就站在你身邊，把麥克風遞還給主持人。

✓ 不要把麥克風關掉，因為主持人接到就會直接開始講話了。

✓ 練習以上所有事項，你就會看起來、聽起來都像一名專業的脫口秀演員了。

建議在第一次參加開放麥時，提早一點到現場，順一遍上臺路線、試一試麥克風和架子，並練習下臺路線。

10

巔峰表演

　　脫口秀表演非常複雜，很多細節只有表演中才能學到。你很快就會發現，脫口秀表演不僅是表演，還是面對「內心惡魔」的武器、一段探索未知的旅程、一個鍛練機會、一種表達形式，以及一條讓觀眾笑翻、讓自己爽翻的途徑。下面是一些表演脫口秀的秘訣、提醒和指導，能助你在脫口秀道路上得到最多的收穫。

┌─ **脫口秀秘訣 13 ▶** ─────────────────┐

　　　　　　　## 你的任務是搞笑

└──────────────────────────────────┘

　　很多新人甚至專業脫口秀演員誤以為，在臺上的任務只是講寫好的段子。事實並非如此，身為一個幽默的人，你的任務就是搞笑。如果脫口秀表演能做到很搞笑，那很好，但是如果你的表演沒讓觀眾笑呢？這時候就要發揮創意，敢於冒險，想盡辦法讓觀眾笑，有些方法立即見效，有些則需要練習，如果你想成為脫口秀演員，這些方法在職業生涯總會派上用場。現在就告訴自己：你的任務不是講脫口秀，而是搞笑。

脫口秀的節奏

　　我想跟大家討論喜劇很重要的一個部分，即「節奏」，但「節奏」很難拿來討論，因為它就像愛、幸福和壽司一樣，是無法分析的。人們試過各種方法去定義它，但是大多都失

敗了。很多年前，哈利·金（Harry King）和李·勞弗（Lee Laufer）在《如何成為搞笑又賺錢的脫口秀演員》（*How to Be a Comedian for Fun and Profit*）一書中這樣寫道：「『節奏』指在講笑話的時候知道何時該停下來，給觀眾思考的時間，為接下來的笑做準備。」這不太像是定義，但的確是個很好的建議。

關於節奏有一點能確定：它對搞笑至關重要。這也是為什麼需要去討論它，不是因為「有意義」，而是因為「有用」。

當要討論主觀性議題的時候，以故事開頭會很有幫助。

在很多年前，我跟著約翰·格林德（John Grinder）和茱蒂絲·狄洛基爾（Judy Delozier）學習神經語言程式學，前者是該學科的聯合創始人，後者則是聯合發展人。約翰和裘蒂知道這是一個很容易令人興奮的學科，他們想在練習中加入一些肢體的練習，因此課堂上安排了一個伴著鼓點跳非洲舞的活動。

其實我當時已經學習過很多舞了，但非洲舞是一個全新的體驗。我很快就發現，非洲舞波浪起伏的動作、獨特的節奏、即興的腳步變換完全不是白人習慣的風格。我帶著強烈的挫敗感，去找了非洲舞團的負責人蒂托斯·桑帕（Titos Sampa）尋求幫助。他說：「你是不是一直數著拍子，很努力地把動作做對？」「是啊。」我說。蒂托斯笑了，他說：「不要再這麼幹了。看著領舞，成為鼓。」我問：「成為鼓？成為鼓？一般人跳舞是樂隊開始演奏就跳，樂隊停了就停。你

要我成為鼓？」蒂托斯繼續說：「想像鼓就在你的胸口，感覺到鼓動的時候你就動，這樣舞會跳得好很多。」

我試了。很奇怪，但是很有用。胸口感覺到鼓的節奏之後，我能從身體裡找到這些不熟悉的非洲動作了，效果著實令人驚訝。

跳了幾個月的非洲舞，我已經跳得很不錯了，所以決定要去做鼓手。我詢問蒂托斯，他答應了。打鼓要比跳舞難得多，學會一個最基本的鼓點花了我半個多小時，但最大的問題是樂團的三個鼓手要不斷變換節奏，我們要一起加快或放慢，而變換節奏完全是隨機。我完全搞不懂，他們就像繆斯女神附體一樣，而我離繆斯卻還有十萬八千里。

有天晚上在課堂結束後，我問蒂托斯變換節奏的信號是什麼。「喔，那個啊，」他說：「我們會跟隨舞者。」我大吃一驚：「等等，鼓手要跟隨舞者？但是我跳舞的時候，你要我成為鼓。如果舞者跟隨鼓手，鼓手要跟隨舞者，不就沒有人掌控場面了？」蒂托斯臉上露出開懷的笑容，大聲說：「完全正確。現在你懂了。」說完他大笑著離開。

我恍惚地站在那裡，自言自語道：「我懂了？」後來，我漸漸明白，沒有人在掌控，從來就沒有人在掌控。我們會互相影響，有時候是舞者，有時候是鼓手，在不同的時間點上共同帶領和跟隨，形成一個互相影響和被影響的循環。

　　脫口秀節奏的定義就是非洲舞和非洲鼓。觀眾跟隨脫口秀演員，脫口秀演員跟隨觀眾。脫口秀演員不是本身「具有節奏」，而是根據觀眾的影響「創造節奏」。你無法提前確定節奏，因為它是發生在當下的一種創造。

　　這更加證實了一條原則：脫口秀演員與觀眾的關係是最重要的。如果你在臺上只把精力放在排練好的段子上，那麼你的節奏也只是基於重複排練的內容，而不是當下這一刻對觀眾的影響和觀眾對你的影響。因為每場表演的觀眾不同，所以每場表演的節奏也都不同。

　　這也是脫口秀演員不喜歡分析自己搞笑能力的原因。一樣東西最重要的部分是無法用語言來表達的。就像草莓的味道，我可以把餘生所有的時間都花在描述其味道上，但是這仍無法讓你知道它的味道如何，要知道草莓味道的唯一方式就是自己去嚐一個。同樣，瞭解脫口秀節奏的唯一方式就是自己去體驗。每位優秀的脫口秀演員都有自己的節奏，但是他們無法對其做出有意義的探討，因為節奏每次都不一樣。儘管我相信脫口秀的節奏可以透過學習獲得，但它並不能由他人傳授給你。學習節奏的唯一方式是嘗試、犯錯，再嘗試、再犯錯，如果現在沒有經過學習就有了節奏，那是因為你小時候就經歷了這個試錯的階段。提到節奏的目的只是想告訴大家，脫口秀的節奏每一刻都在變化，是你和每個觀眾之間形成的反饋循環。不需要討論，也不需要思考，當你和觀眾「共同舞蹈」的時候，就擁有它了。

錄下每場表演

表演的時候，把錄音設備放到臺上的凳子、桌子上，或者臺下的某處。請記得必須離音響遠一點，否則就只能錄到自己的聲音，錄不到觀眾的笑聲，而觀眾的笑聲（或者沉默）正是你拿來測試笑話效果的工具。也別忘了下臺的時候把錄音設備帶走，聽起來很簡單，但是表演完往往是暈乎乎的，所以要養成拿走錄音設備的習慣，或者請別的演員提醒你。根據經驗，脫口秀俱樂部裡常有一堆忘了帶走的錄音設備。

首次表演

每個人在首次表演都有不同的經歷，但通常會有以下兩個極端：

崩潰

耀眼的聚光燈照得你睜不開眼，大腦一片空白、聲音發抖、滿臉通紅、汗流浹背，完全處於「腦死亡」狀態，能記得的只有會冷場的笑話。當然，以上是最糟糕的情形，我有一些方法能讓你好過一些。

這是你踏入未知領域的第一步。首次表演後，脫口秀不再是一個未知之謎，即便你冷場了，現在也學到如何在觀眾面前表演得很爛還能活下來。你很快會發現，這其實並沒有想像的那麼糟糕，而且，表演不夠成功也代表著排練方法錯誤，若在臺上忘詞，可能就是因為你在臺上還帶著批評者的

角色，或是排練狀態和表演狀態有所不同。

完美

首次表演常有奇蹟發生。你過於恐懼，使潛意識占據主導，而有了成功的表演。有時候這樣的結果還不如冷場，因為冷場會讓你知道哪裡需要改進，但是如果表演得很完美，你可能會誤以為自己已掌握了這門複雜的藝術。你沒有。表演一次後沒有，一年之後沒有，還可能要花上三至五年。

最好的表演是既能讓你感覺良好，同時又有一些問題得改進。千萬小心不要因為一、兩場表演講得不錯就驕傲起來。「脫口秀」就像是一隻野獸，每當你覺得馴服了它，它就會轉身咬你一口。

準備一個段子列表

在去俱樂部表演前花些時間準備一張表，把你要表演的笑話和段子列出來。下面是一些小提醒：

使用關鍵字

段子列表並不是把段子逐字逐句地抄下來，這只是演出時的提醒工具，所以請用「關鍵字」。很多人會把關鍵字寫在索引卡上，但我喜歡寫在活頁紙上，因為段子列表應該是緊急備用的，如果觀眾看到你拿了東西上臺會有不好的印象，所以寫在一張大紙上，表演的時候拿到臺上的可能性就小了很多。

把段子列表寫在手上

　　把段子寫在手上有幾個好處：不會丟、方便、可以隨時偷看。但是這樣做也有幾個缺點：我的學生伊凡把關鍵字寫在手上，卻沒戴眼鏡就上臺，結果很搞笑的是，她請觀眾幫忙認手上的字並告訴她下一個笑話內容。第二次表演的時候，她又把關鍵字寫在手上，這次她戴了眼鏡，但是用手拿過蘇打水，結果杯子上的水把她寫的東西都洗掉了。

提供介紹詞

　　你被介紹上場的方式會為表演設定基調。當然，上場時最好觀眾是有笑聲的狀態，為你的喜劇天賦預熱。由於大多數主持人並不瞭解你，請提前告訴主持人該如何介紹你。

　　有些主持人不會用你提供的介紹方式，他們會按自己喜好的來。因此最好的辦法就是建立起私人關係，他們喜歡你，就會自然而然想要幫你。如果真的無法做到，那就順其自然，你只能盡最大努力把自己的部分做到最好。下面是關於介紹詞的一些建議：

千萬不要告訴主持人「怎麼介紹都行」

　　你這是在假設主持人的能力很強，這樣不好。特別是在開放麥之夜，主持人常常需要花很多精力來控制那些一講就想講一晚上的奇葩。即便對方恰好是個好主持，告訴他「怎麼介紹都行」也不好。我有一位認識的脫口秀演員在做主持

人的時候，如果有人請他「隨便介紹」，他會故意給對方一個教訓。下面是一段他「教訓」別人的內容：

　　下一個要上場的笨蛋是個大白癡，他今晚一踏進我們俱樂部就犯了個錯誤。他跟我說，自己今晚會比其他脫口秀演員更搞笑，因為只要有點智商，說什麼觀眾都會笑。你們可以自己告訴他這麼說對不對。下面有請喬‧布洛（Joe Blow）。

　　真是個喜劇般的噩夢。這個脫口秀演員在表演結束後對著主持人大發脾氣，但是主持人卻笑著說：「是你自己告訴我怎麼介紹都行的，所以閉上你的嘴，下次乖乖提供介紹自己的素材給我。」

把介紹詞寫到一張大小合適的紙卡上

　　這樣做對主持人來說很有幫助，因為他們可以把紙卡放在口袋裡，到臺上再拿出來念。把字體列印的大一點，方便閱讀，有時候他們上臺不會戴眼鏡。請把卡片多準備兩、三份，因為主持人可能會在你上臺前把介紹卡弄丟，如果有備用紙卡，就可以在他介紹你之前再遞給他。

標上名字的發音

　　如果你的名字很難讀，請把讀音標上。我有一個學生，他有一個幸運的名字「Mark Dziwanowski」，他總喜歡說：「我名字裡的輔音組合可謂世間罕見。」如果他沒有標上自己名

字的發音，主持人可能會讀錯或只是簡單地叫他「Mark」。如果你能為這件經常出錯的事準備好一些笑話的話，當然這樣也可行。

介紹詞裡加些笑點

如果主持人覺得你的介紹能帶來笑聲，他會更願意使用。下面是我給主持人的一個自我介紹，這樣的介紹詞他肯定搞砸不了：

我們接下來的這位男士不需要介紹——（下臺）。

主持人獲得了笑聲，接下來我也能好好介紹自己。

使用一些頭銜

如果你有一些不錯的頭銜，那就放到介紹詞裡。但是不要把介紹寫成簡歷，一、兩個不錯的頭銜即可，再多就會令人覺得你太想討好觀眾了。如果沒有任何頭銜，可以選擇像這樣開個玩笑：

你看過《喜劇救濟》（*Comic Relief*）、《今夜秀》（*The Tonight Show*）或者《即興喜劇夜》（*An Evening At the Improv*）嗎？下面這位男士也都看過。有請葛瑞格‧迪恩。

融入你的主題

如果在介紹中能提到你要講的第一部分內容或者核心主

題，會有加分效果。如果開場是關於電視的笑話，你可以讓
主持人把你介紹成一個「電視迷」；如果你剛分手，就讓人
介紹你「好相處」；如果你是個體育迷，開場是關於體育的
笑話，就試試這樣的介紹：

女士們、先生們，有請我們今晚的體育狂人，喬·布洛

一個不搞笑但能為段子做好鋪陳的介紹，總比搞笑但把
觀眾帶錯方向的介紹詞好。

設計能展現性格或特質的介紹詞

並不是每個人在剛開始表演脫口秀的時候都有自己的特
色，所以這方法可能不適用。但是如果你有一些明顯的特徵，
如：超級胖、古怪、大高個、戴厚厚的眼鏡、屬於某個特殊
族群，請把這些特點變成你的優勢。我有個學生，他請主持
人把麥克風架調到最高，然後介紹：

有請本行業的巨人吉姆·里奇利（Jim Ridgley）。

吉姆走出來，麥克風比他的頭高出三十公分以上。他站
在那裡，看著麥克風，如此一來就得到了第一次笑聲。

記住，一個好的介紹能為你的表演設定好的風格基礎，
而差的介紹會挖坑給你跳，你還得花些時間才能爬出來。介
紹很重要，所以花些時間準備一個適合你的介紹詞。

熱身

　　表演開始前你需要熱身，以便啟動喜劇馬達來征服全場。身為初學者，通常會有三到六分鐘的表演時間，如果你上臺前沒熱身，等找到狀態時可能時間已經到了。熱身沒有所謂「正確」的方法，不同的脫口秀演員在上臺逗笑觀眾之前需要做不同的準備。下面是一些關於身體、聲音和心理熱身的小提醒：

身體準備

　　輕快地走一走，原地跑一跑，再對著牆或地板做幾個伏地挺身。總之，活動一下身體，做幾個伸展動作，你的目的是釋放壓力，讓身體放鬆。請注意，千萬不要運動過量，如果你上氣不接下氣地上臺講笑話，觀眾是聽不懂的。

進入「搞笑狀態」

　　玩一玩、鬧一鬧，你才能放鬆下來並自然呈現出幽默感。試著讓自己扮演一塊培根、做做鬼臉、滑稽地走路、模仿老牌喜劇演員傑利・路易斯（Jerry Lewis）來表演段子，任何能讓你進入搞笑狀態的方法都可以。

　　我在洛杉磯齊本德爾俱樂部（Chippenldale's）做開場表演的時候，每晚要做兩場表演，每週四次，共做了三年半。有時候很難保證演出狀態，所以我設計了一些儀式來說服自己進入搞笑狀態。首先，穿上服裝道具，即禮服褲子、馬甲、

腰帶，它們可以幫我把焦點從現實世界轉到表演世界。接著我會開始打拳擊，靶子是各種物件，如一條褲子、一個衣架或道具，然後在出去之前，我會逗舞者，撓他們癢，或用拳擊打他們屁股，這時候的後臺是絕不允許來賓進入的。而當介紹音樂響起時，我會大踏步地走出更衣室，步伐跟著音樂，轉身，走回更衣室，做個鬼臉，然後傻傻地邁著大步，來到等候上臺的地方。

安靜凝神

有些人表演前需要一個人安靜待著。如果你是這樣，先熱個身，然後找地方獨自待著，但一定要讓主持人知道你在哪裡，可別讓他覺得你消失了。

我就需要獨處，但僅僅是上臺前的六十秒。在這之前我都是蹦蹦跳跳、吵吵鬧鬧的狀態，準備踏上舞臺之前，我會靜下心來，等待主持人的介紹，如果在靜心獨處時有人打擾，我會很生氣。我會把這些癖好和周圍的人說，所以他們不會覺得我是個混蛋，如果你向別人說明你的習慣，別人一般會選擇包容。

順一遍演出內容

順一遍演出內容能幫你記住段子的順序，並加強新段子的記憶，幫你進入搞笑狀態。有幾種方法可執行，但絕不建議在腦袋裡默默地順稿子，因為這對在舞臺上的表演沒有作用，你可以試試看，很快就會發現顯而易見的一點：至少要出聲。所以順稿的另一個方法就是站著發出聲音，越接近表

演的狀態越好。「亢奮式順稿」是很不錯的方式，把表演內容以最快的速度說出來，就能輕易找到不太熟練的地方，因為在這些地方你會結巴。

想笑話

有些脫口秀演員喜歡在上臺前想一些開場笑話。他們會吐槽主持人、演出環境或者調侃上一個演員的笑話，這通常只適用於當日單場演出。我曾在一個俱樂部演出，前面的脫口秀演員是一名紅髮女士，她段子的內容是整晚都和一個陌生人待在一起，我上臺時，就假裝很累的樣子，說昨天一整晚都和一個紅頭髮的女人待在一起。這樣很容易就能獲得許多掌聲。

在掌聲中上臺

在主持人介紹之後把舞臺交給你，觀眾鼓掌，你沒有出現，觀眾不鼓掌了，最後你才走上舞臺，在尷尬的沉默中開始表演，這樣的做法非常業餘。更好的方法是觀眾鼓掌的時候你上臺，從麥克風架上取下麥克風，把架子放到一邊，掌聲消退時再開始表演。要抓準時間，你就得熟悉俱樂部的場地，在舞臺附近候場，以免打擾觀眾。

避免老掉牙的開場白

你肯定不想一開口就說些老掉牙的話。你可以像跟朋友

打招呼一樣，跟某些觀眾親密地說「哈囉」，或向後排的觀眾揮手，調侃一下當晚其他演出的內容。上臺就直接進入表演主題常常會顯得不夠流暢，打招呼的目的是熟悉面前的這群人並與他們開始建立關係。

如果想知道這些老掉牙的開場有多煩人，你可以試著坐在俱樂部的觀眾席上，看看十位以上的演員一上臺都說：「嗨，你們今晚好嗎？」觀眾可能甚至想大聲尖叫：「我們都很好，求你別再問我們了！」還有一個用爛了的問題：「你們目前還開心嗎？」甚至是：「你們好嗎？」（Wus up？）

觀眾是來看演出，不是來被迫鼓掌，更不是來回答老掉牙的問題。如果演員們更有創意一些，他們能更加享受地看表演。

設計強而有力的開場

打完招呼後，如果第一個笑點就能讓觀眾大笑，這會讓你放鬆許多。因此有個好的開場笑話非常重要，它也能幫你給觀眾留下第一印象，例如，我的一個黑人學生卡蘿上臺後會站在麥克風架後面，讓觀眾觀察她，然後說：「你們應該看得出來，我是加拿大人。」

另一位叫梅爾的學生則會利用自己在俱樂部裡年齡最大，而其他演員大多都是年輕人這一點。他的開場是：「我基本上每天早上都能醒過來。」

識別現場的狀況

如果現場有讓觀眾分散注意力的狀況，你要處理好，並讓觀眾聚焦回你的表演上。這些狀況可能是你生理上的，也可能是個性上的，例如，如果你很胖、斜眼、國籍不明顯、身體有殘疾，這些問題必須向觀眾承認，不然他們可能會一直想著這些問題，而無法更放鬆地享受表演。

不僅是身體方面，有時候還包括個性上的問題。我有個學生叫沙爾基，他是個很和氣的人，但有時候在臺上會比較煩躁，讓觀眾感覺不太舒服。他可以用下面這個笑話來承認這個問題，他也這樣做了：

如果你不喜歡我，但是喜歡我的笑話，你可以像在家裡一樣，閉上眼睛，想像我是另外一個人。

接下來的一個例子也來自我的一個學生傑夫。因為他有些語言障礙，所以來上課的時候有點害羞，他雖然有很明顯的大舌頭，但不至於讓人聽不懂內容，而這個問題需要透過一個笑話來解決。於是第二週傑夫來上課的時候這樣開場：

葛瑞格說我有語言障礙。可能是他的耳朵有問題。

這很搞笑，因為他不僅扭轉了局面，還吐槽了老師。傑夫後來上了高階班，並繼續創作關於大舌頭的段子，這變成他的一個特色。從此以後，「語言障礙男」（Speech

Impediment Man）就誕生了，而且「語言障礙男」的段子還
一週比一週搞笑，他創作出了下面這樣的笑話：

　　每當醉漢需要翻譯的時候，我都會出現。

　　接下來在表演之夜，傑夫震驚全場，他在表演中把上衣
撕開，露出了超人T恤，在超人標誌的「S」裡還加上了「I」，
代表「語言障礙男」。觀眾都樂瘋了，我甚至聽到有人笑到
用頭撞桌子，這是一個很好的例子，只要願意發揮幽默感，
就可以化腐朽為神奇。

避免老套做法

　　盡量避免使用脫口秀演員已經用爛了的那些說法和做
法，這不是指社會觀念的陳腔濫調，而是那些會把你很快從
一個「獨特個體」變為「無聊眾人」的過時事物。

肢體方面

　　以下這些是脫口秀演員從其他人身上學來的習慣，一般
而言是不會這樣做的：

　　一隻手扶著麥克風架。
　　前後走動，眼盯著地板。
　　身子向著觀眾前傾講話。
　　在兩個段子之間用雙手鼓掌。

上下滑動麥克風架，暗示要拋出笑點了。

觀眾笑的時候點頭讚許。

這裡只列出了其中一部分，每一代脫口秀演員都會在上一代的基礎上再新增一些用爛了的動作。

語言方面

在第四章已經討論過脫口秀演員在語言方面的陳腔濫調，但在此還是有必要再說一遍讓你明白。

「你們有沒有注意到……？」

「但是認真看來……」

「我不是想說……」

「還有嗎？還有嗎？」

「那是什麼意思呢？」

尤其不要使用動詞「愛」和「恨」。有那麼多更有意思、能描述感覺的詞彙，為什麼要選這麼輕浮的詞呢？查查字典吧！把所有陳腔濫調都記下來，避免表演的時候使用，除非是想針對這一點進行吐槽。例如，我的幾個學生用過這樣的開場：

嗨，你們今晚好嗎？我為什麼要這麼問？我才不在乎你們好不好呢，反正我很好。

不要以提問的方式做串詞

在脫口秀演員所有的陳腔濫調中，以提問的方式引出新話題是最被嚴重濫用的一個，也是最浪費寶貴舞臺時間的。所以，請不要再「繼承」這個脫口秀傳統了。你可以看看電視上的脫口秀節目，數一數有多少脫口秀演員以下列提問做串詞：

「這裡有多少人……？」

這樣做不僅很煩人，還必須要有人願意舉手或發聲來回應你。脫口秀演員很常會忽略掉觀眾的反應，因為他對此並沒有興趣，只是想過渡到下一個話題。即便脫口秀演員注意到了觀眾的回應，也只會草草地應付，以便盡快開始講自己的笑話。例如，曾有脫口秀演員用提問的方式做串詞來進入下一個關於恐懼症的話題：

你們有多少人有恐懼症？

後排有一個女士給出了熱烈的回應，喊道：

我有！我非常害怕蜘蛛。

這個脫口秀演員其實並不想收到回應，於是他直接無視那個怕蜘蛛的女士，說：「嗯，那太好了。我恐高。」然後

就繼續講自己的笑話。觀眾噓了這位演員，因為他自己提出了個問題，卻對回答的人漠不關心。

另外一個錯誤使用提問的例子是，脫口秀演員即便沒有收到自己想要的回應，還是硬要講接下來的笑話。我在南加州的一個機車俱樂部做開放麥表演的時候，前面一名脫口秀演員問觀眾：

你們有多少人上過大學？

這個酒吧裡大概有十五個油頭、刺青、穿皮衣、抽煙、喝酒、褲子上掛著鎖鏈錢包的機車騎士。他們互相對看著，好像在說：「大學？老子初中都差點沒讀完。」結果是，沒人舉手，也沒人回應。但是，這個脫口秀演員還是按照自己計畫的來講：

太好了。我猜你們會對這個笑話有共鳴。

觀眾笑了起來。不是因為脫口秀演員有趣，而是即便是這些反文化的異類也看得出來這位演員沒有得到想要的回答卻還在硬講。說了這麼多，就是希望大家能理解「不要用提問來做串詞」這一點的重要。

現在來討論解決方法：你不需要去提問，直接說出對這個話題的負面意見即可。那名怕高的脫口秀演員可以直接講：

我非常恐高。

這樣就能迅速進入自己的話題,而不需要去迴避一個不必要的觀眾回應。那名在機車俱樂部表演的演員也可以直接講:

我的大學生涯完全是一個折磨。

唯一需要提問的情況是「你想要跟觀眾互動」,並跟他們進行喜劇式的對話。如果你要問觀眾問題,就準備好與回答問題的觀眾對話。否則,請直接說出你對要提出話題的負面看法,這樣既能節約時間,也能順利過渡到下一個主題。

注意「連珠炮症候群」

「連珠炮症候群」指的是脫口秀演員在臺上一點都不停頓,不給觀眾笑的時間,甚至也不呼吸,一股腦把段子講完。你在臺上的目的是讓大家笑,慢下來,享受舞臺。記住,脫口秀是和觀眾建立一種關係,而不是拿笑話像機關槍一樣掃射觀眾。以下為「連珠炮症候群」的兩個原因和解決方法。

害怕忘詞

初學者害怕忘詞的時候往往會匆忙地從一個笑話跳到另一個笑話。這樣做貌似有用,實則不然,想迅速講完笑話的時候更容易腦袋空白,因為任何一點干擾都會讓你完全錯亂。而且,看一個人一股腦地背完笑話毫無娛樂性可言,觀眾是

來笑的，不是來看一個怕忘詞的人一口氣背完的。解決方法是好好排練，上臺帶上一份段子列表，享受舞臺，並把注意力放到和觀眾建立關係上。

表演內容過多

其原因就在於「貪心」。不難理解你想把所有最好的笑話都放到表演中，但是塞入太多內容無異於自殺。笑話可能多了，但是你得加速講完，這樣反而無法充分發揮每個笑話的真正效果。看表演最讓人傷心的莫過於看著一名脫口秀演員因為速度太快而把好笑話講爛。

請避免這個錯誤，表演者必須記住自己有多少時間，排練時準備的內容要比這個時間至少少上三十秒。這樣能讓你更從容舒適地享受舞臺，而不是有時間焦慮，而且萬一冷場了，你會慶幸自己笑話不多，講得少總比講得爛好。

像重視笑點一樣重視鋪陳

很多脫口秀演員只把鋪陳當作一種資訊，隨意地講給觀眾，並把主要精力放在笑點上。這是一個很大的錯誤，原因有幾個：第一，鋪陳在大部分笑話中占到百分之九十五到九十九，也就是說脫口秀演員這一大段的舞臺時間都在講鋪陳，如果只是隨意地講，無疑是對舞臺時間的嚴重浪費；第二，你對鋪陳的表演能讓觀眾接受你的目標假設，如果只是報告式地給出鋪陳，誤導作用就會打折，笑點也不會有好效果。在臺上的每一刻，你都要有同等的投入和重視。

不要嘲笑在笑的觀眾

　　這是一條重要的不成文規定。你嘲笑在笑的觀眾，不僅這個觀眾會停下笑聲，其他觀眾也會這麼做，因為他們不想被你嘲笑。有觀眾會在看演出的時候笑得很大聲或者表現得很怪異來吸引別人注意，這些人往往會成為觀眾的領笑，如果你打壓這個人，可能會讓所有觀眾熄火。既然你上臺是來逗大家笑的，就讓他們笑吧！

　　唯一的例外是當有觀眾的笑聲已經擾亂了你的表演，通常這種情況是因為無意的起哄。但是，讓這個人閉嘴往往也會讓所有觀眾不再大笑。只有一種技巧可以處理這種笑聲，那就是給他們比預期還要多的關注，直到他們開始笑自己，不斷鼓勵這名觀眾大笑，直到他自己覺得不好笑後便不會再打擾表演。當然，有的時候你只能試著在這種干擾的笑聲中繼續表演。總之，無論如何，永遠不要打壓觀眾的笑聲。

將觀眾視作一群獨立的個體

　　這是能給你最好的建議。如果你將觀眾視作獨立的個體，他們會感覺到你在乎他們。花些時間和某些人做眼神接觸，或為某個人量身訂做一個笑話。講的時候直接對著某位觀眾，並且時不時地換人，畢竟觀眾是由一群獨立的個體組成的，他們會想擁有特殊存在感。滿足他們的需求，他們也會給你相同的回饋。

觀眾笑的時候我們該做什麼

　　知道觀眾在笑的時候該做些什麼非常重要，因為如果做錯了，他們就不會笑了。得專門講這一點還挺搞笑的——為了獲得觀眾的笑聲，脫口秀演員花了大量的時間寫段子、排練，又用巨大的勇氣上臺表演，而當我們終於獲得笑聲的時候，卻又得忽略掉這些笑聲，繼續講段子。

脫口秀秘訣 14 ▶

　　　　觀眾笑的時候演員就閉嘴

　　你知道怎麼訓練跳蚤嗎？把跳蚤放到一個罐子裡，用蠟紙封口，在蠟紙上戳一個小洞讓跳蚤可以呼吸。跳蚤會向上跳，想要跳出罐子，但是會撞到蠟紙，跳幾次之後，它就知道只能跳這麼高，之後你可以把蠟紙取下來，跳蚤再也跳不出罐子，因為它被訓練過了。

　　那麼你知道怎麼「訓練」觀眾停止大笑嗎？一樣的原理。觀眾笑的時候脫口秀演員只要繼續說話，觀眾就會停下來聽演員在說什麼，如果這樣的情況常常發生，觀眾就會像被訓練過的跳蚤一樣，學會不再發笑。允許觀眾笑出來非常重要，當然，如果你把跟觀眾之間的關係放在第一位，你們會心有靈犀，也就知道什麼時候該讓他們笑。究竟觀眾笑的時候我們該做什麼？下面是一些建議：

定住

站在那裡不動，等笑聲慢慢變小。這招對較短的笑聲很有用。但是定住太久就會顯得做作，笑聲一久也不容易堅持下去。

保持跟笑聲開始時一樣的狀態

如果你保持著講笑話的狀態，觀眾笑，笑聲停，就可以繼續順著講下去。這和定住不太一樣，例如，如果你是咆哮著在舞臺上走動，觀眾笑的時候，你還是同樣憤怒地在臺上走動，但不要發出聲音。當笑聲停止的時候，你仍然處於同一個能量狀態，所以可以繼續咆哮。

允許自己被笑聲影響

笑聲對情緒的影響決定了你對現場狀況的解讀，可能激發出即興發揮，如果你能有創意地利用觀眾的笑聲，表演會自動迸發出新東西。對觀眾來說，他們會感受到這一類表演有一定的危險性，當你不知道接下來該說些什麼時，表演的氛圍會不太一樣，因為觀眾知道你的表演完全基於他們的反應。例如，如果你講了個這樣的笑話：

我有一段戀情，兩年了——就我一個人。

如果這時有人笑得很大聲，你可以說：

你也有這樣的戀情。

或者繼續調侃你的個人問題，比如：

我想這一點讓我成了能自力更生的男人。

當觀眾取笑你的問題時，讓他們的笑聲影響你，表現出自己覺得有點受辱，反擊說：

謝謝你們把快樂建立在我的痛苦上。

思考接下來該講些什麼

觀眾笑的時候思考接下來該講些什麼是一個很有效率的方法，這裡所說的「思考」指的是看到要講的笑話的畫面。如果你已經排練過笑話中的「體驗」，就能輕鬆想起來這些畫面、聲音和感覺如何在情緒和生理上影響你，再加上觀眾笑聲的影響，這些元素共同決定了你接下來會說什麼、怎麼說。當笑聲停止的時候，你可能會以完全意料之外的方式作出回應。

關於俱樂部員工

如果想要順利表演，你還需要和工作環境中的其他人維持好關係。這些人對你的表演品質有直接影響，他們可能會幫到你，也可能會害到你，因此你肯定想讓他們和你站在同

一邊。

主持人

　　首先，這裡說的主持人指的是開放麥的主持人，而不是巡演時的專業主持人。業餘主持人常常缺乏經驗，因此他們可能會讓本來就很難、很恐怖的表演變得更難、更恐怖。主持人在場上的工作是介紹表演者，但其實他們也對整場的節奏和氛圍有巨大影響，主持功力的好壞往往可以成就或者毀掉一場表演。主持人也是喜劇領域最容易被忽略的一個角色，如果做得好，沒人會注意到；如果做得不好，所有人都會說主持人壞話。不管如何，這是一個非常重要的角色，下面是一些需要注意的事項：

主持人有權決定誰能上臺

　　如果你惹惱了主持人，而他是決定上臺名單的人，你可能就因此上不了臺。有些人需要操控和權力，一旦獲得，他們就會濫用。但是無論對方有多愚蠢，既然他們處在掌控權力的位置上，你想要的就是讓這些人幫你，而不是針對你。

打好關係

　　表演完之後，主持人可能會稱讚或貶低你。跟主持人有私交，被貶低的機率會小很多，他們有時候非常殘忍，舉個例子，在一次的開放麥，有個初次登臺的演員表演得非常糟糕，就好像是嫌場面還不夠尷尬一樣，主持人上臺後說：

你們知道有時候我們會付錢給農民，請他們不要種農作物……

主持人獲得了很好的笑聲，但是這對新人是很大的打擊。主持人會以自己的方式搞笑，但他們也是初學者，所以要習慣他們的失誤。如果你連熱都受不了，就不要進消防隊。

提供自己的介紹詞給主持人

主持人可能會，也可能不會念你的介紹詞，但是如果他肯念的話，你上臺的尊嚴感就會強很多。如果你沒有自我介紹，一般就會被吐槽了。

擔任主持人

如果你是一個很棒的主持人，能夠在兩個演員之間的串場時間讓觀眾笑，觀眾就會整場留下來欣賞你的表演，酒吧老闆也會很想再找你來，不僅是因為你很搞笑，還因為你能讓觀眾長時間留在酒吧內，點更多的飲料。酒吧老闆做的是生意，而不是提供一個讓藝術家做實驗的基地。你會因為擔任主持人而變成掌權者，記得要好好使用這個權力，因為可能今天遭遇你不公平對待的演員，明年就變成了某個情境劇的製片人。做好主持是一項非常有價值的技能，同時還能幫你獲得更多的舞臺時間。

服務生

他們本身工作就很辛苦了。如果你觀察過，就會發現他

們除了需要快速地為所有人提供服務、收錢，還要無時無刻保持微笑，是一份壓力很大的工作。因此想讓他們對你的演出有積極影響，你必須保持禮貌。下面是一些注意事項：

同樣，打好關係

服務生可以用很多方式為你的表演帶來負面影響。他們知道酒吧老闆最關心的是賣更多酒水而不是好的表演，因此可以選擇是否在合適的時候上酒；可以低聲或高分貝讓客人點餐；可以決定站著或蹲著提供服務。如果他們喜歡你，他們會盡力為你著想；如果他們討厭你，只需要在工作的時候稍加改變就能破壞整場演出。

不要和俱樂部的服務生交往

跟服務生發展個人關係，但是不要太過親密。和他們交往可能帶來很多複雜問題，甚至如果因為你們在交往，而讓酒吧老闆不想請你來表演，那就問題大了。這對你的事業不好，畢竟你是自由業。有些俱樂部甚至明文規定脫口秀演員不能和員工交往，因此，你最好自覺別和服務生或其他俱樂部員工走得太近。

鼓勵觀眾給服務生小費

服務生一般拿的是最低工資，主要收入靠小費。如果你能幫忙拿到更多的小費，他們會支持你。若他們關照你是因為他們本身與人為善，那麼也鼓勵觀眾給他們小費吧，你能做得到。

酒保

酒保是很有趣的一類人。因為他們會跟大部分人交流，所以在俱樂部裡有很大的影響力。有些人也許權力不大，但如果他覺得自己有權力，就會用到極致，所以最好和這些人交朋友，讓他們能欣賞你的表演，而不是成為脫口秀恐怖分子，給表演帶來傷害。下面是一些注意事項：

還是和前面說的一樣，打好關係

總是強調這一點，你可能已經煩了，但這確實是最重要的輔助技巧之一。如果酒保喜歡你，他們會替你的演出著想，例如，他們負責幾臺能發出噪音的機器，因此可以決定是要在你講到笑點的時候榨汁、收款還是等幾秒鐘後再做。他們也可以大聲喊出客人點了什麼酒，或選擇壓低聲音，且他們在酒吧有話語權，能多送你一杯飲料，也能多收你的錢。

給酒保小費

本人就做過酒保，這份工作很辛苦，和服務生一樣，他們想要獲得別人的欣賞。如果酒保多送你一杯飲料，請在吧檯的小費碗裡放些小費。一個喜歡你的酒保會願意讓你待在那裡，也能讓你表演得更愉快。

每次登臺都做到最好

每次表演做到最好，並且為演出的成敗負責。如果你沒

有盡力，就無法獲得真實的回饋，例如，如果在試新笑話，你卻只花了一半的心力，那麼這次嘗試就沒有意義。脫口秀同行奧古斯·漢密爾頓（Argus Hamilton）曾說過：「在週六晚上嘗試新笑話。如果失敗了，會敗得很慘；如果成功了，會是巨大成功。這樣你就能知道這些新笑話要繼續用還是扔掉。」

不盡最大努力是最爛的藉口，如果沒有真正努力過，就無法知道自己的表演水準。沒有盡力投入，遲早都會失敗，請全心投入，讓自己為成功做好準備。

舞臺經驗無可替代，只有它能讓你知道如何成為一名脫口秀演員。所以上臺逗觀眾笑吧！他們笑，你也笑，就這樣一路笑成富人。

11

大膽演出

如同其他藝術形式，脫口秀是一種跟心中魔鬼共舞的表演。你不僅要當眾經歷與魔鬼的鬥爭，還得以幽默的方式處理。這一章會傳授一些喜劇工具，讓你能夠克服舞臺恐懼、對付起鬨者、化解冷場、牢記臺詞，並無所畏懼地面對任何觀眾。

克服舞臺恐懼

「舞臺恐懼」這個詞蠻好笑的，且描述並不準確，其實你不是在恐懼舞臺，舞臺不過是一堆木頭和混凝土而已，你真正恐懼的是在舞臺上沒有達到自己或他人的期望。實際上，你很少會恐懼當下正在發生的事情，舞臺恐懼是一種想像的後果，想像將來可能會在自己身上發生一些糟糕的事情，並因此帶來不好的後果。

既然你已經接受了這份喜劇歷險的挑戰，應該就會明白自己將面對無數未知的事物，這正是學習的過程，如果你把這個過程看成是進入一個陌生的小黑屋，可能會有所幫助。當你剛打開門踏入黑暗，你會很恐懼，因此想奪門而逃，但如果你真的很好奇黑屋裡有什麼東西，就想選擇回頭，打開門，進一步走入黑暗中。它仍然很恐怖，但已經不像第一次那麼嚇人了，如果你打算參加脫口秀工作坊，老師還會幫助你把屋裡的燈都打開。這時你就可以探索這間已經充滿亮光的屋子，研究那些古怪的、不知道該怎麼使用的玩意兒了。回到這間屋子的次數越多，你就會理解得越快：所有未知的東西，其實都只是玩具而已，你玩得越多次，就能享受到越

多樂趣,直到它們不再是未知的領域,而是變成了屬於你的日常玩偶為止。接下來會再有新的老師出現,替你打開另外一扇門。

有趣的是,我們對表演的恐懼分成兩個方面:一種是演出前的緊張不安;一種是在舞臺上的恐懼感。以下是克服這兩種舞臺恐懼的小訣竅:

演出前的緊張不安

當你對自己的感受負起責任時,會產生一股力量,因為你能掌控這些情感,而不是成為它們的受害者。在這一章,你會學到怎麼把演出前的緊張、不安從敵人變成盟友。

保持正確觀點

在宇宙中一個模糊的角落裡有一個銀河系,銀河系邊緣有個微小的太陽系,太陽系中有一顆藍色的小石頭,而你是這顆石頭上幾十億人中的一個。這樣的你對踏上舞臺產生了那麼一丁點的恐懼。當你把這個問題對比宇宙其他的部分,就會發現自己的問題簡直微不足道。

同時,你也相當有福氣,因為你可以奢侈地踏進一家喜劇俱樂部。這個世界上有很多人生活在戰爭中,失去了所有的家人、沒有食物,且隨時面臨死亡的威脅,和這些相比,你踏上舞臺面對一群陌生觀眾的恐懼,不值一提。

這不代表恐懼感不真實或者不重要,但當你把它和生存危機相比的時候,「有機會去把人逗笑」說明你已經屬於非常有特權的一群人了。保持正面想法,去享受它吧!

把恐懼視為準備妥當的標誌

　　有時候你的思考方式是問題產生的根源。有沒有想過，也許是你把準備妥當的感覺當成了恐懼的錯覺呢？為了描述這一點，下面分享我的治療師菲爾（Phil）和諾爾瑪・巴雷塔（Norma Barretta）說的故事：

　　在進化成「人」之前，我們都是野蠻的史前人類。遇到危險的時候，潛意識會讓我們產生並釋放腎上腺素來幫助我們變得更警覺、更快、更強，以對付異常的情況。假如有一隻劍齒虎過來了，我們會釋放腎上腺素並準備好去攻擊它，讓它變成我們的盤中飧，或者趕快逃命，以避免成為它的盤中飧。腎上腺素就是一種用來應對異常狀況的天賦。

　　直到今天，當異常狀況出現時，我們仍然會產生腎上腺素。但現在潛意識告訴我們，文明人不應該恐懼，所以壓抑了腎上腺素帶給我們的感覺，這又迷惑了潛意識，所以再次產生了另外的腎上腺素。我們認為自己在恐懼，而既然我們恐懼這種恐懼，便會再次壓抑它，這樣的狀況會一直持續，直到體內充滿了腎上腺素，我們開始發抖，這時候就更加確認了恐懼感是件糟糕的事情。

　　如果你夠聰明的話，就應該要接受並感謝腎上腺素和潛意識，這些機能會使人更加警覺、快速、強壯地面對在臺上可能會發生的意外狀況。

坦誠

　　你會時常聽到一個建議：對所有問題都保持坦誠。如果你害怕，就告訴觀眾你很害怕；如果你需要上廁所，就告訴

觀眾你需要上廁所。對於很多人來說，產生以上感覺都是不好的，所以他們會試圖掩蓋，但當你恐懼的時候，觀眾其實也會察覺到，所以你得承認事實，這樣就不用再花額外的時間和精力來掩蓋它了。

產生這些感覺都是很正常的，你在做一件很棒的事情，而潛意識讓你產生一些腎上腺素使你處在最佳狀態。很多時候當願意承認並且公開表達感覺時，奇跡就會出現：問題化解了。

創造一個熱身儀式

簡單來說，就是找到把意識留在當下的儀式，讓生理、心理和創造力都能熱起來，儀式占據你的意識並影響身體，就不會有多餘的空間來想像令人恐懼的結果了。

感受自己的感覺，並帶著它表演

在上臺之前，我常常想：「為什麼我要這樣對自己？」答案當然是：「因為表演帶來的好處遠勝於這種短暫的不適感。」當你有緊張感時，承認它，讓自己知道有這種感覺是正常的，不要讓它阻止你做任何自己想做的事。正如前面所述，你感受到的只是腎上腺素而已，感受它、瞭解它，神經語言程式學學者羅伯‧迪爾茲（Robert Dilts）曾說：「你不是想把蝴蝶趕走，而是讓蝴蝶能有序地飛。」

保持清醒

少部分人會誤認為解決恐懼感的辦法是抽煙、喝酒，藉

此將信心喝進來或把恐懼感排除。這種辦法只是飲鴆止渴，可能有一、兩次有效，但很快它就會變成更大的問題，甚至比要掩蓋的緊張感更加麻煩。

你在演出之前的緊張感也許永遠不會消失。僅僅用烈酒麻痺自己並不意味它不存在了，它依然在，你忽略它時，它反而會變得越來越強烈，意味著你得喝更多酒來壓制它。這不僅愚蠢，甚至必須進入戒癮中心治療，所以請保持清醒並學會掌控舞臺恐懼吧！

舞臺上的恐懼感

一旦在舞臺上開始表演，舞臺恐懼感大多就會消失。但如果沒有，你可以做下面幾件事來克服它：

把自我批評放到一邊

先將自我批評撤除，你眼下做的事情已經夠令人恐懼了，所以請接受自己並不完美的事實吧！你才剛走進陌生的脫口秀小黑屋，需要給自己一些時間來瞭解裡面藏著什麼東西。總是想著缺點，很容易讓自己陷入恐懼、動作僵硬，現在需要的是獲得支持和建議來幫助你進步。

正如先前所述，恐懼源於想像了可怕的未來，特別是自我批評，它指出你所有可能犯錯的地方。當你將自我批評置之不理，便能全神貫注於眼前的任務了，在這種狀態下才能把有趣的想法都傳遞給觀眾。

保持對笑話中「體驗」的情感連結

你的意識一次只能感覺或表達一件事情。乍看似乎自己能同時感受很多事情，但實際上每個瞬間都只有一個，它們飛速地變換著，因此要讓恐懼感消失，就必須處理好「注意力」的問題。你可以把注意力放在恐懼上，或者選擇對笑話中的「體驗」全情投入。當你對體驗有情感連結時，自然就不會注意到緊張感，而能沉浸在如何表達、表演的情緒當中。

舞臺恐懼可能永遠不會消失，但如果多少採用了這些方法，這些恐懼就會變得可控。什麼都感受不到反而更令人擔心，而你控制舞臺恐懼的目標就是把它變成一個可接受的鼓勵信號。

大腦一片空白的處理方式

對於初出茅廬的脫口秀演員來說，大腦進入空白狀態是第二個常見的恐懼。從老師的角度來說，我認為越快進入空白越好，你才會處理它並撐過去。一旦意識到這沒有什麼大不了，就不僅能處理好大腦空白，還能將它變成搞笑的段子。以下是一些建議：

讓「內在批評者」遠離舞臺

「內在批評者」是造成大腦一片空白的主要原因之一。自我批評之前需要先自我評估，所以你把注意力都放在了評估上，根本沒有餘裕來記臺詞，這種狀態就是大腦一片空白。當然並不是真的一片空白，事情還在腦子裡轉，但都變成了

記憶障礙，想消除這種矛盾狀態就得在排練時區隔「批評者角色」和「創造者角色」。

按照期望的表演狀態排練

有些人會誤以為自己能在腦中把表演排練完成，隨後踏上舞臺，做出他們「想像中的表演」。但實際上，除非你想踏上舞臺然後在臺上想像一遍表演，否則這樣排練是絕對不可行的。大多數觀眾還是想聽到、看到你「實實在在的表演」。

只要你想出聲表演，就必須出聲排練；只要你想在情感上也進入狀態，就必須帶著情感排練；只要你想表演一個角色，就必須在排練時表演這個角色。你想在表演時保持什麼狀態，排練時就必須保持什麼狀態，否則不可能記得住。

保持搞笑

這條建議適用於任何意外狀況。如果你玩得很開心，特別是在陷入困境時也表現得幽默，觀眾便會和你一起。最糟糕的狀況莫過於連觀眾都替你感到不舒服。因此只要你仍然搞笑，他們不會介意你犯了錯誤或者在臺上忘詞，甚至如果你覺得犯的錯很搞笑，就更能藉此發揮幽默感，把這類突發狀況都變成有趣的笑話。

我的一個女學生僅透過想像來排練表演，無論怎麼苦口婆心地警告舞臺的壓力絕對會讓她忘詞，她還是一意孤行，不出所料，當正式演出時，她果然腦子一片空白。幸運的是，她記住了「保持搞笑」這條建議，於是她不停地調侃自己忘詞的事實，並得到持續的笑聲。為了支持她，我大聲喊出她

最強段子的主題，這時她回應道：

嗷，謝謝，葛瑞格，現在我必須死撐下去，真正開始我的表演了。

這句話又引發了爆笑。她透過「保持搞笑」的技巧體面地撐過了突發狀況。最後，她也承認了排練確實需要出聲進行。

保持坦誠

觀眾不會在意你是否暫時忘詞，但他們會想知道究竟發生了什麼事情，所以不要試圖隱藏它，直接承認：「我已經把所有的東西全忘光了。」

觀眾很可能會因為你馬上要面對大腦空白的恐懼，而同情你並放聲大笑。但如果你試圖掩蓋它，能量和注意力就都會導向「該如何隱瞞它」或者「觀眾是否會留意到忘詞」這些事情上。而且，經常有這樣的情況：如果直接承認自己忘詞，記憶力反而會神奇地恢復。

深呼吸

演出的壓力可能會引發生理上的緊張，但如果深呼吸一下，你會意識到其實還好。我妻子蓋拉‧強森（Gayla Johnson）女士，不僅嘗試了這個方法，而且她知道所有的觀眾也都非常緊張，還讓觀眾跟她一起深呼吸，觀眾照做後因此發出一陣大笑。

查看你的段子列表

關鍵字能提醒你講到哪一部分了，藉此重新記起自己在哪裡忘了詞，或者直接跳過這一段，嘗試新主題。

嘗試即興互動

「即興互動」就是和觀眾交談。向他們提問：「你好，你叫什麼名字？從事什麼工作？」然後再根據他們的回答進行調侃。這是一個非常有效的工具，它能把注意力從自己身上移開，重新跟觀眾建立連結。即興互動可能會成為一件可怕的事情，但也總比傻站在那裡要強得多。

應付冷場

「冷場」是脫口秀演員最大的恐懼。當表演沒有得到任何笑聲時，生活不再是一部電影，而你就像被扔進這樣一個世界：在人們面前臉紅到發燙，聽到的是沉默卻又震耳欲聾的喊聲，隨後內在的自我開始尖叫：「為什麼我要這樣對自己呢！」嘴巴好像被塞了棉花，心臟在胸腔裡砰砰亂跳，大顆汗珠成串地流下臉龐，你終於體會到脫口秀演員所說的「失敗的汗水」了。

如果這樣的描述就讓你對當脫口秀演員的想法打了退堂鼓，最好現在就放棄，因為要成為幽默的人，冷場無法避免。請接受這一點並且學會聰明地處理它。

在我的一個班上，一名學生足足冷場了五分鐘。最後我

問他:「你知不知道在最後的五分鐘完全沒有一個人笑呢?」
他回答說:「我知道,但我不想讓它影響我。」其實應該要
讓它影響你,這種感覺太糟糕了,必須想辦法做點什麼。

脫口秀秘訣 15 ▶

如果你現在做的事沒有效果——那就嘗試做點別的事情

嘗試做點別的事情?是的,任何事情。你必須有靈活變
通的能力,因為任何不同的事物都比重複做沒效果的事還要
有效。你選擇的新東西也不一定有效,但至少能因此得知這
些事可以避免再做了。

冷場不只是脫口秀演員受苦的一部分,也是學習的一部
分。如果你從來不冷場,就永遠不會去學習,透過冷場能瞭
解到怎麼做不會有效果,這就和瞭解什麼內容會有效果一樣
重要。

學習脫口秀和學習任何東西一樣,你會有不知道該怎麼
做的時候,只是在這門行業,必須在眾目睽睽之下蹣跚學步。
對於如何看待冷場,你有自己的選擇,當然可以把它定義為
「失敗」,也可以看作是「回饋」。如果選擇稱之為「失敗」
的話,那麼你可能會像很多人一樣,試過幾次脫口秀表演,
遇到冷場,就感覺自己是個失敗者並直接退出;但如果你想
以脫口秀為生,會發現把冷場當作「回饋」來看待的話,對
自己非常有幫助。

表演脫口秀時,你會得到非常清楚和即時的回饋。觀眾

只有兩種反應：笑或者不笑。為了進步，你必須為表演的走向負起責任，坦誠地面對不足，並且改善它。這一章提供很多技巧、原理和技術，幫你實現一場成功的演出。但請千萬記住，你一定會遇到「冷場」，所以做好準備。接著介紹一些處理冷場的有效方法。

繼續投入其中

你處於什麼狀態，觀眾就會處於什麼狀態；如果你放棄了自己的表演，他們也會放棄你的表演。如果「搞笑」不值得你全情投入的話，那就走人吧，我是認真的。你也許會有幾個非常糟糕的夜晚，但又怎麼樣呢？如果真的想成為一名脫口秀演員，就必須每次上臺都全力以赴，外面還有許多脫口秀演員每個晚上都為自己的表演傾盡全力，你根本無法跟別人競爭呢？

不管在什麼時候，退縮只會使情況更糟糕，因為你已經停止全力以赴。但如果你選擇保持投入，永遠都還有機會扭轉局面，很多人都是這樣子過來的。若就這樣放棄表演，除了怪自己還能怪誰？如果你不夠在乎自己的表演，也沒有其他人會幫你在乎。

保持幽默感

為了解釋清楚這裡想表達的意思，就從「搞笑能力」（sense of funny）和「幽默感」（sense of humor）這兩個詞的區別開始。「搞笑能力」是「你知道怎麼讓其他人發笑」；「幽默感」則是「你能讓自己發笑」。如果你的搞笑能力在

某個晚上不靈了，那麼幽默感就能夠發揮作用，換句話說，如果你覺得自己失敗了也很好笑的話，觀眾會很欣賞這種自嘲的能力，至少你在冷場的時候也會感到很愉快。

冷場最大的問題不是沒有得到笑聲，而是讓大腦陷入可怕的狀態。你越是覺得糟，觀眾也越會覺得糟，甚至希望你離開舞臺，不是因為你沒有得到笑聲，而是他們也替你感到難受。如果你覺得這個冷場的表演還可以接受，且拿這件事來調侃自己，觀眾也會和你有同感，那麼當你離開舞臺時觀眾也許就會這麼評價：「他雖然不是很搞笑，但他嘗試搞笑也是挺有意思的。」如果你保持幽默感，觀眾多半都會為你加油。

還有一點，我相信幽默感是人類表達痛苦的方式之一，冷場當然也屬於「痛苦」的類別，而你的幽默感必須在這個時候出現來對付它。冷場的表演是很尷尬的，但如果冷場時還沒有幽默感，表演就會完全讓人崩潰。如果你能夠冷出幽默感來，至少可以體面地離開舞臺。

保持坦誠

表演失敗時，你最需要做的一件事就是坦誠。觀眾需要知道：你知道自己冷場了，而讓觀眾瞭解的最好方式就是自己提起它。只要你坦率地承認眼下的事實，觀眾就會一直信任著你。

如果一個脫口秀演員忽略了沒有得到任何笑聲的事實，觀眾就會想：「天啊，這個傢伙知道自己一點都不搞笑嗎？」若過程持續太久，觀眾就不再信任這個演員，因為很明顯的，

連演員自己都沒有意識到或者根本不在乎冷場。最終，觀眾就不會再聽你的了，這時你甚至能感受到自己被吸進了一個漩渦當中。

承認自己的笑話沒有得到笑聲，又不是犯罪，不需要道歉。你上臺本身就冒著巨大的風險，即使失敗了，這也是值得自豪的事情，但那些從來沒有上過臺的人不會瞭解這一點，所以不必過於在意。

不要為自己找藉口。你承擔了風險、後果，觀眾也期望你能搞定它，找藉口反而使你看起來像個沒有擔當的爛人，事情不順利的時候就只會推卸責任。請用你最好的表現來扭轉局面，並不斷探索讓觀眾笑的方式。

當你非常誠實地面對自己表演的缺點時，奇跡可能會出現——觀眾居然笑了。他們沒有預料到在一個如此多波折的演出中，表演者竟會如此直白，這打破了他們的想像。在喜劇表演裡，坦誠永遠是最好的辦法。

使用你的救場笑話

救場笑話通常不會在表演中出現，但一直保存在你的潛意識裡，在緊急情況下可以使用。而冷場就是一種緊急情況，當快要溺水時，這就是你的救生圈。以下是一些例子：

這個段子在我寫的時候其實是很好笑的。
說「沉默是金」的人絕對不是一名脫口秀演員。

我最喜歡的一個救場笑話是我的學生凱文所寫的：

我做的脫口秀叫「隱形脫口秀」。笑點不是神出鬼沒，就是來了跟沒來一樣。

徵求意見

如果在臺上表現得一直很糟，你可以跟觀眾直接聊一聊這點，他們會給你一些建議，例如：「滾下舞臺」或者「你還是別放棄你白天的工作吧」。如果你能夠不在意這類意見並且從某個人那裡得到答案，這將會是非常珍貴的一課，你能學到如何影響觀眾。

在一九七〇年代末期，我和麥可・大衛斯（Michael Davis）在加州文藝復興節街頭秀表演的時候，有這樣的一段：麥可最後完成了一個非常棒的雜耍，而我扛著一個拖把走向他，跟他握了手，然後轉身就走，拖把會橫掃過來並打到他的臉。這是一個很老的小丑把戲，也是我們在馬戲團工作時學到的。我們表演得非常逼真，以至於觀眾都停止了笑，為麥可被拖把這麼狠狠地打在臉上而抽了一口涼氣，事實上，我往前邁了一步，所以拖把沒有碰到他。我不喜歡觀眾抽了一口氣這樣的反應，因為我們想要的是笑聲。某一次表演中，我直接問觀眾為什麼他們會做出這樣的反應，觀眾大叫道：「你用拖把打他打得太狠了。」我感謝這位觀眾，解釋其實並沒有打到搭擋之後繼續表演下去。我和麥可討論了這個問題，隨後開始練習「拖把打臉」的動作，直到把它練習到不那麼逼真，觀眾才開始笑了。

跟你的觀眾交談，他們能對表演提供最真實的意見。聽

取他們的意見，絕對會比認為觀眾都是傻瓜的演員成長得快很多。這不是叫你對觀眾言聽計從，收集資訊後判斷是否有用，比完全不去收集要好得多。

對觀眾更加個人化的表演

導致冷場的錯誤有很多，只對著一名觀眾表演就是其中之一。把觀眾當成一個群體來表演會讓演出充滿能量，你可以對著第二排的觀眾重複你的笑話；可以透過與某位觀眾直接對話讓其他人相信你講的內容是絕對真實的；可以在某位觀眾的桌子旁邊坐下來，自始至終都繼續著你的表演；可以坐在某人的腿上；可以把笑話與某個人聯繫起來，隨後對另外一個人再重複一遍，對比一下效果。

一場個人化的表演相當引人入勝。因為任何時候你都可能跟觀眾聊天，所以他們會保持全神貫注。即使你沒有冷場，我相信脫口秀的表演也應該是人與人之間的交流，而不是單方面的展示。

以更強烈的情緒回應

為了理解這個建議，請記住「笑話都是一種反應」。當一個表演的反應平平時，通常是因為你只說出了笑話的文字。提升情緒的強度會迫使你對自己所講的內容作出反應，至少這樣會讓演出充滿能量且更有意思。

用不同的語速來表演笑話

如果你認為語速太快了，就慢下來；如果你懷疑自己講

得太慢了，就需要加快一點。如果你做的所有事都沒有效果，那就再做一點其他的吧！

只講最好的笑話

你很清楚自己的哪個笑話最爆笑、哪個不錯、哪個平平。所以如果你感覺快被觀眾葬禮般的沉默吸走，就不要再堅持講完一整篇故事了，直接切換到最爆笑的笑話，然後告訴觀眾自己在做什麼：「好吧，我知道剛才那段不是很好笑，你們聽一下這個怎麼樣？」嘗試從素材庫中挑選出最合適的笑話，如果找到能把他們逗笑的笑話，可能會給接下來的表演帶來好的轉換。

嘗試即興互動

在冷場的時候進行即興互動，會有不同於忘詞時的作用。冷場時即興互動就是在做一些「其他事情」來試探觀眾，再糟糕也比講沒有效果的笑話要好。通常當你開始進行互動的時候，觀眾就知道你是冒著風險來讓他們發笑的，大多數情況下，既然你竭盡全力來表演，他們就會捧場。

演出之後處理冷場

當表演結束時問自己：「我已經竭盡全力了嗎？」如果答案是肯定的，那你就已經成功，無法做得比最好更好了。這不意味著你要停止進步，但你可以問心無愧了。

自己反省一下出問題的地方，想一想下次怎麼做得更好。雖然這完全是馬後炮，但你一定會想：「我要是當時這樣做

就好了！」請謹記於心，以備將來之用，否則你怎麼知道該如何改進？

　　一旦你考慮了所有選項，也做了所有該做的，那就可以放下了。不要把精力浪費在責備自己，好好計畫和準備下一場演出吧！

越過「傷害線」

　　當某人或某物真的受到傷害，演出就變成「戲劇」了。這是喜劇和戲劇的區別，喜劇不處理傷害事件的後果，喜劇中的某些人或事會被傷害，但不是真的被傷害，更多的是像「卡通式」的傷害。試想當你看到一個人滑稽地跌倒，你會笑，但如果你意識到他真的受傷了，你會停止發笑並伸出援手。觀眾也會有同樣的反應，如果他們認為某人或某物真的受傷了，他們是不會笑的。

　　這種情況也適用於想像出來的場景。如果你在笑話裡講「踢一條狗」，而觀眾感覺到這條想像出來的狗受傷了，他們可能會嘆氣甚至噓你。很奇怪，對嗎？

　　就表演者來說也是如此，如果你冷場了且表現出不舒服的樣子，觀眾也會替你感到難過，他們甚至希望你離開舞臺，就不用替你難受了。

　　另外，「傷害線」並不固定，同樣的事情，一位觀眾可能感到受傷，另一位觀眾卻會大笑。這也是為什麼你要「讀」你的觀眾，並特別為他們演繹段子。有些觀眾可能很喜歡毒舌笑話；而另一些觀眾可能喜歡輕鬆愉快的笑話，你必須感

受這一點並根據情況調整表演。

對付起鬨者

　　起鬨屬於一種「觀眾病」。遭遇惡意起鬨是脫口秀表演第三常見的恐懼，一想到有人會起鬨，有些初學者就對演出望而卻步，因為他們不知道自己是否有能力應對。但是，實際情況並非想像的那麼可怕，對付起鬨者，目標就是獲得掌控權，主導你的演出。有效對付起鬨者的技巧，只有在累積很多舞臺經驗後才能掌握，而在這個過程中，有些建議可以幫你處理這一問題：

脫口秀秘訣 16 ▶

大多數的起鬨者認為他們是在幫你演出得更精彩

　　大多數的起鬨者只是不懂，並非心存惡意。他們喜歡你，並且希望能幫上忙，所以喊出他們的想法，認為這樣會使表演更加精彩。他們不熟悉脫口秀相關的概念，比如說一個笑話到另一個笑話的流暢性、整個演出的節奏感等，就在不知情的情況下打斷了脫口秀演員才知道的隱性作用。他們只知道自己發表了一個意見並得到了笑聲，隨後演員繼續表演並得到更多的笑聲，起鬨者甚至會想：「嘿，我們合作得多好。」

無視評論

　　這可能讓你意外，但如果無視起鬨者的評論，起鬨者就會感到尷尬並且閉上嘴，或者他們的朋友會讓他們閉嘴。對我來說，這是最艱難的一課。初學者總是覺得好像有個偷窺者在窺視自己的表演，並選擇羞辱他然後再回到表演中，這導致對立的情緒。但有一次，我嘗試無視起鬨者，而他就沒有繼續起鬨了。當他意識到我跟他之間沒有交流的時候，他放棄了，讓事情變得簡單很多，表演也更加流暢。因為若要處理一個起鬨者，你必須停止表演，被迫做些事情，然後嘗試重新嘗握表演的節奏。如果選擇忽略，你只需要繼續表演即可。

保持搞笑狀態

　　無論對你的評論有多麼惡毒，仍然要保持搞笑的氛圍。如果你意圖傷害起鬨者，觀眾就會站在他那一邊，因為已經越過傷害線了，記住，你是什麼狀態，觀眾就是什麼狀態。如果你變得尖酸刻薄想報復，觀眾也一樣會變得尖酸刻薄，起鬨者可能會砸了你的場；如果你用缺乏幽默的方式反擊他，就會更加徹底搞砸演出。觀眾是來尋求快樂的，不是來看你用人身攻擊報復一個混蛋的，一旦脫離搞笑狀態，就遠離了你的職責。

確定對方「罪有應得」

　　這一點很重要。什麼時候該出聲處理起鬨者？當觀眾跟

你一樣都被他惹煩的時候。如果觀眾不認為他「罪有應得」，只會認為你是反應過激的混蛋。

　　有次我在表演，兩名非常漂亮的女子坐右邊一公尺左右的地方。她們認為我是她們觀看異國男子跳舞的路障，這是普通觀眾的態度，所以我必須撐過這個開場。接下來，這兩位女子對我說了一些人身攻擊的話，但只有我能聽到，如：「天啊，他的皮膚實在是太糟糕了，還長得挺難看的」「讓他滾開，換個真正的男人上來」。這些對我來說已經很難聽了，所以我也回擊了她們幾句刻薄的話，兩人閉嘴了，所有的觀眾也都沉默了。只有我聽到她們的攻擊，因此觀眾看到的是我對這兩位女子毫無理由的惡言惡語。表演結束後一名服務生問我為什麼這麼做，這時候我才意識到，自己出乎意料地對著這兩位女子大吼，她們是否真的「罪有應得」已經無關緊要，其他觀眾認為她們是否「罪有應得」才是最重要的。反過來說，一旦觀眾認為起鬨者「罪有應得」，你就可以出手了。

不要歸咎於自己

　　有些人去脫口秀俱樂部就是以擾亂演員表演為樂，這種人是混蛋。不過在一次次起鬨的洗禮下，你就有對付他們的經驗了。如果起鬨者成功惹惱你，他就控制了你和你的表演。要避免上當很困難，因為你當然非常在乎自己的表演，想要把演出做到最好，但僅僅一位起鬨者就能惹怒你，讓演出變得很糟。

千萬不要邀請起鬨者上臺

我在七〇年代中期回到舊金山，在一個小俱樂部工作，我被起鬨者鬧到非常煩躁，於是發脾氣並跟他說：「你覺得自己講得好，那你上臺啊！」他真的上臺了，把我推到旁邊後講了一個超級爆笑的笑話。這時，開放麥俱樂部的老闆過來了，我以為他會幫我，但他先叫這個起鬨者滾下舞臺，然後朝我大吼：「有多少人想要上這個舞臺，你居然讓他上來！這樣的事情絕對下不為例！你現在上來完成你的表演！」

「恥辱」這個詞用在這裡是不是非常合適？我實在是太絕望了，甚至接下來的六個月都沒有表演任何一場脫口秀。千萬不要邀請起鬨者上臺，因為詭異之處在於，大多數的起鬨者都能夠講上一、兩個非常好笑的笑話。他會得到笑聲，而你看起來像個笨蛋。

使用對付起鬨者的臺詞

對付起鬨者的臺詞並沒有想像中的那麼容易。你知道很多羞辱人的話，但不能馬上就派上用場對付起鬨者。這是一個需要學習的心理遊戲，準備夠多巧妙的回答才能應對各式各樣的起鬨者，甚至自己創作或參考一些有羞辱性的笑話。

真不可思議，在數百萬的精子當中，你居然是最快的那個。

現在你知道為什麼有些動物會吃掉自己的後代了吧！

近親結婚的確令人悲傷。

耶穌愛你，但其餘所有人都認為你是個混蛋。

對不起，我不是有意打斷你打斷我的表演的。

閉嘴。

有時候，越簡潔越好。如果有兩個起鬨者，下面這個是常用的反擊：

噢，很好。立體環繞聲混蛋。

不要跟女人過不去

無論如何「罪有應得」，你都不能像攻擊男人一樣攻擊女人。你可以說這是性別歧視，也許吧，但這也是喜劇界的現實。每個人都有一種保護女性的原始天性，即使女性脫口秀演員也無法像攻擊男人一樣攻擊女人，當然，女脫口秀演員遠比男性脫口秀演員要少。對付女性起鬨者，言辭必須控制在一定的尺度之內，如果太過分了，觀眾會遷怒於你。話又說回來，如果言辭不夠強而有力的話，她們會繼續起鬨並毀掉你的演出。下面是一些例子：

沒關係啦，我也記得我第一次喝啤酒的時候。

你去看病是不是會便宜一點？

上次你起鬨的時候，是不是穿了同一件洋裝？

請閉嘴。

　　曾聽到一個最好的辦法是朋友提供的，他是一名雜耍表演者，名叫法蘭克・奧利維爾（Frank Olivier）。他說：「攻擊跟女性在一起的男人，這樣她就會閉嘴了。」以下是法蘭克的臺詞：

　　我看了一下她的男人，我想如果每天早上都在這樣的女人身邊醒來的話，我也會變成像他這樣。

挑戰起鬨者，讓他們多說一點

　　這一招可以幫你扭轉局面，接下來就可以痛斥起鬨者說的蠢話了。假如他們說了一個不錯的評論，就激他們再多說一點，他們很快就會無話可說了。這個目的是讓起鬨者屈服於尷尬的場面。以下是一名男性起鬨者評論後，我做出的演繹：

　　這很有意思。還有嗎？繼續吧，未來的唐・里克斯[1]（Don Rickles）。開始啊，繼續！再多來兩個！

　　起鬨者的回擊如下：

　　你並沒有你想像中的聰明。

---

[1]美國知名喜劇演員。

他顯然有點失控了，於是我直接抓住這點：

我們這位文學天才又來了一次嚴厲批評。太爛了！我們
的大師卡內基（Dale Carnegie），繼續吧！啊，現在我給你機
會講你怎麼不講了？繼續啊！讓每個人知道為什麼在別人表
演的時候你這麼需要關注。我倒是不會去你工作的地方搶走
你手裡的鏈子來幹活。

當然，這必須以一種調侃的語氣來表達，但本意是諷刺，
因為你想要讓起鬨者知道，在演出中，他大聲搭話是不禮貌
的。這方法我在好幾場演出中試過，非常有效。再次強調，
我的確惹惱了一些人，但如果他們敢冒這個險，也就必須接
受這個結果。

誠懇地要他們停止

這聽起來簡單到不太現實，但確實有效。既然大多數起
鬨者都認為自己在幫助你，有時候友好地請他們停止就足夠
了，甚至可以跟他們承認自己沒有他們好，並請求給予一次
機會。表演者禮貌地請求起鬨者不要再發表評論，這樣消除
敵意的方式大多數人都會認同。畢竟，你的目的是在沒有起
鬨者干擾的情況下繼續表演，真誠地嘗試此建議，會有效果
的，這是實話。但如果真的沒效果，那這些混蛋也太該罵了。

應付醉漢

有時候你就是會遇到這樣的起鬨者，他們會很混蛋地毀掉你的演出，無論做什麼他們都不會閉上嘴。有一晚，一個女人喝醉，已經處在另外一個世界了。我才剛剛上臺，她就用那個一天抽三包煙、滿嗓子都是痰，又很刺耳的聲音尖叫：

脫──掉──！

我毫不意外女人會喊「脫掉」這個詞，因為這是她們在俱樂部經常喊的口號。我用上了標準的回擊：

對不起，我這條褲子是拆不開的。

現場一陣大笑。這位女士沒有聽到我的話，她也聽不見任何人的話，只是繼續尖叫：「脫──掉──！」我忽略了接下來的幾次尖叫聲，但她好像進入了一種重複程式，每隔三十秒就會尖叫一次，所以忽略的方法也完全沒有用。我嘗試了一句對付起鬨者的臺詞：

我打賭男人會很喜歡妳的性格。

觀眾仍然站在我這邊，他們也譴責了這名女子並給予我掌聲。但爛醉如泥的她仍然堅持每隔三十秒左右就尖叫一次，在七到八次以後，我利用她在尖叫前深呼吸的時機暫停，讓

她尖叫：「脫——掉——！」然後再繼續我的表演。觀眾能看到我在操縱她。我甚至即興編了個笑話。在我猜她即將要尖叫的時候說：

稍後，有異國舞者要出場且你們將會大叫——

正在這時，她大叫：

脫——掉——！！

又是一陣爆笑。但對於我來說越來越困難，因為只有這麼一點的上臺時間都被她占用光了。於是我決定採取新的策略，我走向她，跪下，蓋住我的麥克風不讓觀眾聽見，看著她和她的朋友，誠懇地說道：「剛才很有趣，但是我真的需要繼續我的演出了。如果妳能停止大叫的話，我會非常感激。拜託妳了。」似乎是被我的請求所影響，爛醉的女子回答：

脫——掉——！！

有時候某些情況是無法改變的，她醉得實在太厲害了，任何形式的溝通都是徒勞。你只能盡全力讓還站在你這邊的觀眾開心。這不是你個人的問題，是這個搗亂的人有問題，出現這樣的狀況時，就當作是一場被起鬨者毀掉的表演吧！

無視起鬨者所在的區域

這個訣竅是從喜劇演員麥克・寇亞爾（Michael Colyar）那裡學到的。他說要公然無視有觀眾起鬨的區域，並把所有注意力都放在尊重你並且仔細聆聽的觀眾區。這樣一來會讓觀眾自己競爭，他們也想要獲得演員的關注。假如被忽視的觀眾區想要重新得到脫口秀演員的關注，就會指責起鬨者並讓他閉嘴，讓觀眾來替你做這件事情顯然更加明智。

演出之後

花點時間來回顧你哪裡做得好，並且思考下次能夠改進的方法。如果你花了時間做這件事，下一次遇到起鬨者時就能胸有成竹地解決。

如果演出結束以後，起鬨者來找你，請不要生氣或者制止他們，這樣反而會讓他們認為你被起鬨是「罪有應得」。再次強調，也不要太過友善，而是要說明他們給你的工作製造了困難。我還在「喜劇商店」工作的時候，一名起鬨者在整場演出中喋喋不休，我適當處理了這個狀況，並用巧妙回擊得到了一些笑聲。在表演完之後，這名起鬨者過來請我一杯啤酒，我拒絕了，他倒是憤憤不平地說：「為什麼你不開心？我幫你得到了那麼多笑聲。」他說的沒錯，但我向他解釋，他的插嘴打斷了我一整段的鋪陳，這個段子內共有十七個笑話，因為我必須停下來處理他發表的評論，表演時間也減少了，只能砍掉這個段子。他創造了一個只有兩個笑點的場景，卻犧牲了十七個笑點，我損失的是十五次笑聲。於是他開始

向我道歉，我並沒有接受他的啤酒，收拾好自己的東西，帶著「世界上也許會少了一個起鬨者」的感覺回家。

　　只有大量的舞臺經驗才能教會你如何應對大腦空白、處理冷場、對付起鬨者，但如果學習這些建議，會比遇到問題一味責怪觀眾的演員進步得更快。千萬要明白這一點：無論在什麼情況，永遠都有讓人發笑的辦法。

12

增加經驗

　　對於渴望成功的演員來說，積累舞臺經驗是最重要的鍛鍊。本書可以教你很多脫口秀技巧，但變得幽默的唯一途徑是在觀眾面前表演。很多初學者會誤以為要等到「對的時機」再去表演脫口秀，但這簡直是胡扯。沒有什麼「對的時機」，任何時候都可以是「對的時機」。

　　只有一種力量可以促使你成為一名職業幽默家：熱衷於逗人們發笑。不管在成為脫口秀演員的過程中需要付出多少代價，別人都不會幫你買單。對於初學者來說，在學習如何變得幽默的過程中，最常遇到做的事毫無效果，而成功的唯一途徑是多加嘗試並從錯誤中學習。如果你是初學者，請準備好接受失敗，而且是不止一次的失敗，這個想法會讓人很不舒服，但得去習慣它。如果有事情值得去做，就值得你拚盡全力去做，如果你覺得這一切讓人很沮喪，還不如現在就退出，會減少很多焦慮。

┌─ **脫口秀秘訣 17** ▶ ─────────────────

在任何場合都能向人們表演

└────────────────────────────────────

　　任何場合？是的，任何場合。以下推薦的某些場景，可能會令人感到驚訝。先別老想著報酬，為了變得幽默風趣，你需要時間和經驗去積累自己的素材，當有了二十到二十五分鐘的好段子，且能始終保持搞笑狀態，就可以每晚去不同俱樂部表演了，然後開始靠這項才華找工作。

　　在那之前，要先找到一些地方積累經驗：

開放麥

在一些夜店、餐廳或咖啡館等，任何人都可以上臺表演三到六分鐘的脫口秀，如果你在開放麥場合表現得很幽默，在其他地方也能表演得不錯，但有些事情你需要瞭解：

先進行評估

首先，問問自己：「觀眾能懂我的表演嗎？」如果答案是肯定，那就上臺表演吧；如果答案是否定，還是別表演了，否則只會給自己洩氣，並開始質疑自己。

若沒有觀眾理你，那就帶著明亮的眼神、拿著麥克風，開始怒罵。怒罵是一種對事物的意識流抨擊，因為不需要依賴笑聲，反而可以更好地運用舞臺時間，搞笑與否不重要，目的在於讓你在臺上打開心胸，並學會變得殘酷地誠實。

不要期待公平對待

這些地方很難帶給你愉快體驗，最常見的是被安排早早上臺，甚至還沒有顧客進來就要開始；或者被安排在最後上臺，所有人都已經走光了。就算幸運地碰到觀眾，那通常都是其他準備登臺的演員，或者是三個喝得爛醉、一邊往嘴裡塞辣椒一邊放屁的傢伙。勇於面對這樣的命運，記住，在經歷過黑夜以後，還有更深的黑夜。

通常需要提前報名

如果你要參加開放麥之夜，通常需要當天、提前一週或

更長的時間報名。這件事可能很耗時，但去預約就是了。

別怕被駐場演員擠掉

　　有時候俱樂部的駐場演員會把你的時間往後擠，甚至完全把你從時間表上擠掉。這很讓人沮喪，但在你變得更資深之前，要有在喜劇界當跑龍套的準備。屬於你的時代總有一天會到來。

留意下臺的信號

　　很多俱樂部都有設置燈光或信號，告訴你什麼時間點該離開舞臺。請一定要注意，如果超時三十秒以上，信號會越來越強，提醒你趕緊下臺。更糟糕的是，他們有可能以後再也不讓你來了。

演藝俱樂部的無報酬演出

　　演藝俱樂部一個晚上通常會安排十個以上的脫口秀演員輪流表演，但傳統的俱樂部一場演出通常只會安排三個演員，即開場演員、中間演員和壓軸演員。如果你能在演藝俱樂部拿到常規演出的位置，對成為脫口秀演員會很有幫助，因為有了經常鍛鍊的地方。但這並不容易，以下的建議應該能幫助你：

選定一個俱樂部，混個臉熟

　　你越常出現，越有可能跟老闆搭上線，也有越多機會上

臺表演。這就像是交學習脫口秀的費用，算是一項耐久測試，如果你能不顧一切地堅持下去，而不是淺嘗輒止，所有人都看得出來，你對脫口秀這份職業非常認真。

表演「乾淨的」笑話

本章節會反覆出現這個話題，有幾個原因：如果笑聲都是因為爆粗口而來，你其實不是在寫笑話，只是打破了人們對於社交禮儀的期待。同樣地，你絕不可以在商業電視臺裡講黃色笑話，網路電視也不行，因為這些可能是你得以揚名立萬的第一個管道。

你可能會說：「但艾迪・墨菲（Eddie Murphy）是大明星，他就講了很多黃色笑話。」沒錯，但他是透過喜劇節目《週六夜現場》和喜劇電影成名的，在電影裡他最大的本錢就是喜劇演技，他是大明星，所以只要高興，他怎麼做都行。俱樂部老闆也都傾向請講乾淨笑話的演員上臺表演，甚至有很多俱樂部只接受乾淨的笑話。

按規定的時間表演

新手會犯的另一個錯誤是表演超出規定的時間，讓俱樂部老闆和其他跟你一起表演的演員都討厭你，因為這會延遲整個演出的結束時間。

籌畫自己的演出

找一家餐廳、酒吧或俱樂部，只要有擴音設備和麥克風，

且願意讓你表演脫口秀就行。你保證藉由演出多少能增加一點生意，或至少不用對方出錢，老闆通常會願意協助你。你可能要承擔所有準備工作，甚至自己出錢宣傳，但只要談妥這些條件，就有一個不錯的演出場地了。你可以找幾位同樣是剛起步的脫口秀演員一起做這件事，讓他們也分擔一些責任：

搭一個小舞臺

如果場地負責人允許，你得搭個高一點的舞臺，站得高於觀眾對表演者來說有心理上的幫助。當你和觀眾一樣高，甚至比他們低時，插科打諢會變成一件令人沮喪的冒險行動。

讓演員自帶觀眾

很多俱樂部現在都會這樣做。演員能在臺上表演多久，取決能給俱樂部的椅子上塞進多少張屁股。沒屁股就不能露臉。

許多喜劇演員會排斥所有「自帶觀眾」的表演，我不認為事情有這麼單純。我通常建議學生不要對這一類的表演照單全收，因為他們很可能會被表演製作人利用。常見到製作人召集一群喜劇新人演員，告知他們被登記在了大喜劇俱樂部底下，這時新人通常分不清楚被登記在大俱樂部的獨立製作人之下，和登記在俱樂部老闆底下的差別。沒錯，有些「自帶觀眾」表演確實值得一試，但需要經過精挑細選。有些表演會由知名喜劇演員為主，而其他表演者就得自帶觀眾，但是，若你肯定觀眾中會有喜劇經紀人，那不妨嘗試看看。

國際演講協會

國際演講協會（Toastmasters）專注於公共演講的訓練，他們會定期舉行活動，讓會員和嘉賓上臺演講。如果你可以在俱樂部裡發言，沒理由不趁機用自己的脫口秀段子作為演講內容。我不少學生都在這個組織舉辦的比賽裡勝出過。

慈善會議和公民會館聚會

很多公共服務組織經常舉行會議，部分會議接受娛樂節目表演。這些組織的存在是為了支援社區工作，所以提供機會給人們在公眾面前表演也可能成為議程之一。當你有好的內容時，甚至可以獲得報酬。但記得一定要表演非常「乾淨」的段子！

社交派對

如果始終找不到適合的地方演出，你可以把日常聚會的談話當作笑話的傳播途徑，悄悄地練習，不要讓別人知道這是在拿他們做試驗就行了。

在一九七〇年代中期，我愛在派對上表演這件事可是聲名大噪。只要房間裡一安靜下來，我就會來上一段脫口秀，有時候可能所有人都玩瘋了，而我可以獲得大量笑聲。

有一年耶誕節，我身上沒什麼錢，於是跑了親戚朋友家，為他們表演一小段特地創作的脫口秀，作為送給他們的節日

禮物。有人覺得這樣很棒，也有人覺得我是做脫口秀做瘋了。我那時候很年輕，所以兩種意見都接受得了。

公園或大街上

先別笑，我就是從家鄉的城市公園開始喜劇生涯的。我當時在公園裡的野餐桌旁邊表演給人們看，過了幾年，我就在舊金山市的漁人碼頭靠喜劇雜耍表演賺到了不少錢。

麥克・寇亞爾是一名很有喜劇天分的美國黑人脫口秀演員，他的職業生涯是從芝加哥開始的，他自稱那時候做的是「游擊式脫口秀」。他會在午休時間跑到大街上表演脫口秀，後來他搬去洛杉磯，在威尼斯海濱大道上工作了一年多，在談到為何從芝加哥搬走時，他說：「因為在芝加哥，下雪的時候根本沒有人會停下來聽我的笑話。」後來他在一個電視選秀節目裡贏了十萬美元，慷慨地捐出一半給流浪漢，在那之後，他上遍全國性的電視節目，還演出了十幾部電影。所以，你真的可以認真考慮一下在所有人多的公眾場合都來一段表演。

舞廳

麥克・寇亞爾跟我分享了他另一個獨創的增加經驗方法。在尋找不同表演場地的過程中，他去了舞廳打探情況，並留意到有些人會因為跳舞跳累了而離開，於是他說服舞廳老闆，讓他在舞池裡做十五分鐘的脫口秀表演。他給出的條件是，

如果舞廳的顧客們不喜歡他，他就再也不來了；但如果人們喜歡他的表演，舞廳老闆就要給他三十美元。

最後的結果是，人們非常喜歡麥克的表演，而且他表演完以後，舞池裡的人也休息過，又有精力繼續跳舞和喝酒享樂了。舞廳老闆多賺了些錢，自然爽快地付給麥克報酬。有了初步的成功，麥克繼續說服了另外十間舞廳的老闆讓他做同樣的事，不久以後，他就透過在舞廳表演脫口秀賺到每週三百美元的酬勞了。這是「游擊式脫口秀」的另一項巨大成就。

千萬不要抱怨：「沒有地方表演」，沒有就自己創造一個。每一個新途徑都能增進你的知識和個人風格，有些經驗會很可怕，有些會很有趣，有些二者兼之，但這都不是重點，重點是，你要盡可能多積累在公眾面前表演的經驗。記住，好的判斷來自於經驗，而經驗來自於不好的判斷。

到目前為止，能給你最好的建議就是：

出去表演，現在就去！

13

讓演出錦上添花

　　打磨演出是一個持續發展的過程，修改笑話、排練、表演，再次打磨演出，然後修改笑話、排練、表演，不斷重複。所有職業脫口秀演員最後都會摸索出一套將演出修改得更好的方法，但在這之中絕對沒有所謂「正確」或「最好」的方法。

　　沒在觀眾面前表演過就直接著手修改演出內容，其實並不是一個很明智的做法。為什麼？因為只有實際經驗和直覺才能告訴你，觀眾對某個笑話或某段表演是怎麼看的。

　　下面這些指導原則是透過對脫口秀演員教學和觀察總結出來的經驗，能幫助你發展出自己獨有的工作模式，也可以作為脫口秀知識的標準。

- **回顧演出**
- **為每一個笑話評分**
- **改編、重寫和重新安排**
- **再次排練和表演**

　　這些都只是指導原則，不是僵化的教學公式，所以請根據自己的實際情況改變順序，也可跳過某些步驟或加入獨門方法。請記住，就像「打磨」一詞的本意，這是持續不斷提升演出水準的過程，而不是一勞永逸的事情。

回顧演出

　　回顧演出是最好的方法，你能清楚發現什麼地方有效果，什麼地方沒效果。先從頭到尾看過一遍，對表演有個整體印

象，然後再倒回去逐句看。每一個笑話，每一小段都要聽，記得使用暫停鍵或停止鍵，這樣才有時間逐項分析。只有從細節處著眼，你的改進才能更有效率。

用錄音機記錄演出是以前最受歡迎的方式，但隨著錄影技術變得發達，用錄影來記錄演出成為流行。有些俱樂部甚至架設了專門的室內錄影機，收費幫你錄製演出，如果價錢合理，可以好好利用此項服務，在打磨演出時這些影片能幫上很大的忙。

如果你認為自己能記住演出中發生的所有事情，那你就錯了。通常你只記得極少在演出中曾做過的事情，特別是即興部分，如果還要記得觀眾對每一個笑話的反應和細節，是更加不可能的事，所以一定要用設備來記錄演出，這樣才能回頭看或聽。

為每一個笑話評分

當你回顧自己的演出時，在一張紙或電腦螢幕上列出全部的笑話，每個笑話旁預留空間來評分。根據笑話獲得的笑聲來評分，獲得最多笑聲的笑話打上 A；一般笑聲的打上 B；最少笑聲的打上 C，如果有笑話沒獲得任何笑聲，觀眾僅僅微笑了一下，那就給它 D；如果該笑話只收到一片沉默，那就是 F。

當你創作出更好的笑話，就把 C 級笑話去掉，隨著時間推移，可以開始修改 B 級笑話，最後，演出裡只會剩下 A 級笑話。要達到這個目標並不是容易的任務，特別是大多數脫

口秀演員常規演出的內容只是原創笑話的百分之十左右，而其中又僅有百分之十或更少會被評為 A 級。這項統計表示你寫的笑話必須千挑萬選才有可能得到一個 A，這樣說並不是要打擊你，只是想強調保持規律的寫作習慣有多麼重要，這樣才有可能持續不斷地創作出新笑話。只要一週能寫出一個 A 級笑話，一年就能獲得五十二個很棒的笑話，這已經有差不多三十分鐘的 A 級內容，相當於四、五個電視脫口秀表演的長度了。

毫無疑問，那些能登上《萊特曼秀》（Letterman）和《今夜秀》，或者擁有專屬有線電視節目的頂級脫口秀演員，絕不會表演 B 或 C 級的笑話，如果你也想成為他們當中的一員，就必須做得跟他們一樣。

下面是前幾章提過，關於郵局的脫口秀段子，裡面的笑話根據了兩次不同的演出效果分別評分後，每個笑話都有兩個得分。而第一行只是開場的介紹，所以並沒有打分。

想跟大家聊聊郵局，我不想生氣，可我實在辦不到啊！

D-D 首先，郵局居然膽敢把自己的標誌設計成一隻展翅高飛的雄鷹。對，沒錯，它怎麼看都更應該是一個正在打瞌睡的懶人才對啊！

D-D 郵局讓我覺得很不爽是因為它壟斷經營。如果它要像一個真正的企業那樣營運，情況應該和在印度成功開一家牛排店差不多。

C-D「郵局服務」這個詞語中的「郵局」和「服務」其實是一對反義詞。

C-C 有一天，我正在郵局排隊，我瀏覽郵局的照片牆，特別留意到了一張繃著臉、噁心、下流的照片，喔，原來是他們的當月最佳員工。

F-F 我當時已經排隊排了十分鐘，但是隊伍卻變得越來越長，所以我大喊：「隊伍越來越長了，是不是該請你們關掉其中一個窗口呢？」他們就真的關掉了一個窗口。

C-B 也許我們現在對郵局的人太苛刻了。他們其實挺有效率的，我是說他們用槍的時候。

C-B 嘿，他們的口號就是這樣啊：無論風霜雨雪，還是昏天黑地都阻止不了他們的子彈。

B-C 但是我不理解的是，怎麼會有這麼多郵局的人被同事殺掉，他們應該是被滿腔怒火的顧客殺掉才對。

A-A 聽我抱怨了這麼多郵局的事情，一名郵局員工跟我說：「你不能侮辱我們郵局員工。」我說：「為什麼不行？」他說：「因為我們知道你住在哪裡。」

C-A 我說：「得了吧，即使你跟在我後面，你最後也只會走錯到別人家裡。」

D-C 為了換個話題，我問他：「為什麼那些設計郵票的藝術家從來沒有紀念過郵局呢？」他說：「我想他們可能是擔心人們把口水吐在郵票上錯誤的一面吧！」

F-F 還有一些事情讓我覺得很煩惱，為什麼郵局有很多紀念瑪麗蓮·夢露和馬丁·路德·金的名人系列郵票？我想知道的是查理斯·曼森的系列郵票在哪裡呢？他也是一個名人啊！

C-C 還有，郵票上只有像軋棉機或蒸汽機那些老式的發

明。為什麼就不能有一些現代的重要發明呢？比如說隆乳？

D-D 這種郵票可以成雙成對發行的。

F-F 這樣我也會考慮成為一個集郵愛好者。

B-B 當然，男人們會兩面都舔舐。

評分很殘酷，但也很典型。只有一個笑話獲得了 A–A，有一些 B，還有幾個 C。無可否認，我的評分很嚴格，但更讓人驚訝的是有些笑話居然沒有獲得好的反應。其實把自己的失敗貼出來，面子上有點過不去，但還有比這樣做更好的辦法能告訴你們，笑話創作的成功率其實很低嗎？

雖然很可惜，但我只會留下 A、B 或 C 級的笑話。我其實很喜歡部分 D 和 F 級，但在舞臺上可不是為了自娛自樂，而是為了讓觀眾發笑，所以必須這樣做。評完分之後，往下一步執行。

改編、重寫和重新安排

因為這三件事彼此環環相扣，所以把它們放在一起說。例如，當你改編了某些地方，常常就需要重寫其他笑話，導致整段內容都要重新編排；當你重寫了一個笑話，通常也要改編其他笑話，然後重新編排整段內容；如果你編排了整段內容，就要重寫……你應該已經懂了。

改編笑話

無情地改編自己的笑話，這將是學習脫口秀過程中增進

最多的能力。許多有喜感的人，不管自己的笑話是好是壞，都喜歡把它們當作孩子一樣緊緊抓住不放。你越早砍掉那些沒效果的笑話，表演就越快能達到專業水準。

如果有個笑話效果始終不好，就把它從表演裡挑出來，放到一邊。請注意，這並不是建議你把這些笑話徹底拋棄。如果你覺得笑話裡有好笑的地方（很明顯，你一定認為是有的，因為都好不容易克服創作笑話的種種困難把它寫出來了），把這個笑話或整段表演先放一邊，讓它們在潛意識裡慢慢滲透，找到適當的時機再把它們撈出來。

有些演員會把一些笑話或表演放置很久都不再去碰，重新拿出來的時候，這些笑話卻變成了非常爆笑的內容。是什麼導致了這樣的改變？可能是演員的演繹技巧或者性格改變了，或是學到更多技巧和新方法，讓笑話終於發揮了最佳效果。所以記得留住那些暫時被剔除的老段子，最終你也可能會用它們拯救一個笑話、一個鋪陳，甚至一整段表演。

下面這些笑話會從郵局段子裡剔除，因為它們只獲得很少笑聲，甚至有些完全沒有獲得笑聲。

D-D 首先，郵局居然膽敢把自己的標誌設計成一隻展翅高飛的雄鷹。對，沒錯，它怎麼看都更應該是一個正在打瞌睡的懶人才對啊！

D-D 郵局讓我覺得很不爽是因為它壟斷經營。如果它要像一個真正的企業那樣營運，情況應該和在印度成功開一家牛排店差不多。

C-D「郵局服務」這個詞語中的「郵局」和「服務」其實

是一對反義詞。

F-F 我當時已經排隊排了十分鐘，但是隊伍卻變得越來越長，所以我大喊：「隊伍越來越長了，是不是該請你們關掉其中一個窗口呢？」他們就真的關掉了一個窗口。

D-C 為了換個話題，我問他：「為什麼那些設計郵票的藝術家從來沒有紀念過郵局呢？」他說：「我想他們可能是擔心人們把口水吐在郵票上錯誤的一面吧！」

F-F 還有一些事情讓我覺得很煩惱，為什麼郵局有很多紀念瑪麗蓮·夢露和馬丁·路德·金的名人系列郵票？我想知道的是查理斯·曼森的系列郵票在哪裡呢？他也是一個名人啊！

以及最後一個「隆乳」笑話裡的其中一個連續笑點：

F-F 這樣我也會考慮成為一個集郵愛好者。

重寫笑話

對於重新加工或排練笑話，我用「重寫」這個詞；對於整段表演的整理，我用「重排」這個詞，兩點分開討論，但在實際運用中，這些任務是並行的。若要重寫一個笑話，你就需要重新編排整段表演，也可能要再重寫段子中的其他笑話，以便符合新的上下文。

如果一個笑話沒有效果，原因往往不是單一的，「這個笑話沒人笑，所以就去掉吧。」在把這個笑話從表演裡剔除之前，分析一下它沒有效果的原因。透過表演，你可以從中篩選出很多資訊，如果你直覺某個笑話很好，或者有信心讓它捲土重來，不妨試試在不同的場合表演一下，看能不能讓

它變得好笑。以下是一些建議：

確定大家聽得清楚笑話

回顧一下演出，看看你有沒有漏說某個關鍵字，或者無意中嘟囔了些什麼。這種事情出現的頻率高得驚人，觀眾對於一個聽都聽不清楚的笑話，肯定笑不出來。

參考第四章的指導原則

對每一個沒有達到預期效果的笑話，參考第四章討論過的技巧，問自己幾個問題：這個笑話夠簡潔嗎？笑話的「底」是不是在笑點的結尾才揭示？是不是有含混不清的引用語？笑話的某些詞是不是能換成更鏗鏘有力的字眼？從不同視角演繹會不會更好？如果你發現某個指導原則合適，那就用它來重寫笑話吧。

把笑話放到笑話圖解裡

另一個方法是把笑話放到笑話圖解裡分析，從笑話結構的不同面向去問相關的問題。笑話的每一個部分是不是都在起作用？鋪陳有沒有建立一個明確的目標假設？有沒有清晰的連接點？對連接點的重新解讀是否令人意外？笑點有沒有完全揭示了故事二？會不會有另外一個情境或故事，能使再解讀的意思表達得更好？

以下是郵局那一段留下的笑話，重寫部分用底線表示。選擇重寫是因為笑話裡的想法是搞笑的，而且我知道自己能讓它們獲得更好的反應。

C-C 有一天，我正在郵局排隊，我瀏覽郵局的照片牆，特別留意到了一張繃著臉、噁心、下流的照片，喔，原來是他們的當月最佳員工。

當一個笑話有如此明確的目標假設、連接點和再解讀，如果它還不能獲得應有的笑聲，那應該是因為表達得不夠清晰所致，於是我重寫成了以下版本：

我排隊的時候注意到牆上張貼著一張猙獰的臉部特寫照片……通常你們把這叫作什麼？（我在引誘某個觀眾回應：「大頭貼」或「犯罪照片」或「通緝海報」，然後我就可以說：）哦，當月最佳員工。

接下來四個笑話都獲得很好的反應，那麼我們就維持原狀吧。

C-B 也許我們現在對郵局的人太苛刻了。他們其實挺有效率的，我是說他們用槍的時候。

C-B 嘿，他們的口號就是這樣啊：無論風霜雨雪，還是昏天黑地都阻止不了他們的子彈。

B-C 但是我不理解的是，怎麼會有這麼多郵局的人被同事殺掉，他們應該是被滿腔怒火的顧客殺掉才對。

A-A 聽我抱怨了這麼多郵局的事情，一名郵局員工跟我說：「你不能侮辱我們郵局員工。」我說：「為什麼不行？」

他說：「因為我們知道你住在哪裡。」

上面這則笑話後面引出的連續笑點效果不夠好：

C-A 我說：「得了吧，即使你跟在我後面，你最後也只會走錯到別人家裡。」

下面是重寫後的笑話。如果這個版本沒有獲得更好的反應，隨時可以把它去掉，或者沿用原來的版本。

「千萬別雇殺手來對付我哦，我還怕你把他送錯地址呢！」

下一個笑話效果還可以，但它需要一些介紹，因為原笑話有一部分來自於「查理斯‧曼森」笑話，所以我把它從這段表演裡剔除。

C-C 還有，郵票上只有像軋棉機或蒸汽機那些老式的發明。為什麼就不能有一些現代的重要發明呢？比如說隆乳？

於是我把「曼森」笑話的介紹部分往前擺，放在這個笑話前面了。

還有一些事情讓我覺得很煩惱，為什麼郵票上只有像軋棉機或蒸汽機那些老式的發明，那些重要的現代發明呢？比

如說隆乳？

下面的笑話，即上方笑話的連續笑點，應該能獲得更好的反應。

D-D 這種郵票可以成雙成對發行的。

我這樣重寫了一下。

它們可以成為世界上第一款成雙成對發行的郵票。

重寫笑話並不是一項精準科學，它和初次創作需要同樣多的嘗試和錯誤。幸運的是，如果把段子改差了，還可以隨時用回原來的段子，或者再嘗試另一種改法。

重新編排整段表演

你可能因為不同原因，需要重新調整某段主題表演裡的笑話，或者重新編排整個表演裡的某些段落。例如，在寫了新的段子和改善老段子和段落後，原來屬於 A 級內容的某些段落可能會降為 B 級，因此你需要改變它們在演出裡的順序，或者在某些固定段落裡插入新的笑話。為了讓這些新笑話起作用，甚至可能要重新編排這段表演的部分內容。

有人說，觀眾會在開始表演的三十秒之內就判斷你是否有趣，這個判斷會影響接下來整個表演的效果，而且很難改變。所以，一開場就要用非常強的笑話，這點非常重要，但是，觀眾能記得並用來判斷的，卻總是在舞臺上最後幾分鐘

的表演，有些觀眾認為這部分的表演甚至比開場笑話還重要，這就是為什麼脫口秀演員通常會把他們最好的笑話都安排在最後。下面這些工具有助於你重新編排表演：

按 B、C、A 的順序編排

在瞭解如何把脫口秀段子分為 A、B、C 三級後，現在要學習如何把它們編排成 B、C、A 的順序。一個令人豎起拇指稱讚的脫口秀表演，應該是以第二強或 B 級的笑話開場，把最弱或 C 級的放在中間，然後用最好或 A 級的結尾，因此，一段或整場表演的笑話應該按照 B、C、A 的順序來安排。

這樣做是很合理的，因為如果用 C 級段子開場，會失去觀眾，但又不想一開始就講出 A 級的笑話，這樣接下來就沒有更強的笑話了，演出結束時會給人一種戛然而止的感覺。如果用 B 級笑話讓觀眾笑了出來，這多少會讓接下來的 C 級笑話變得更好笑，最後就能用 A 級笑話在結尾把表演推上頂峰。

用圖形展示你的表演

用圖形展示是一個很棒的技巧，能讓你按照整體有效性來安排演出，具體做法就是回顧自己的演出，評分每一個笑話的好笑程度，然後將分數都標在座標上，最後會得出一個簡易圖形。

如果你的演出圖形像圖解二十一：

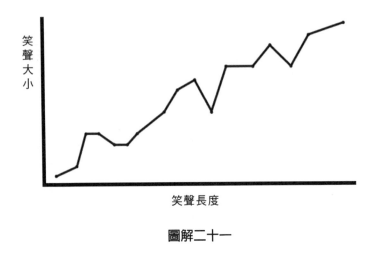

笑聲大小

笑聲長度

圖解二十一

那麼演出節奏就有問題，因為演出中的笑聲不是穩定向上，這需要重新安排笑話的順序，演出才能以獲得最大笑聲的笑話作結尾。

你的演出圖形應該如圖解二十二所示：

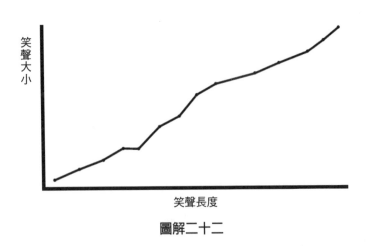

笑聲大小

笑聲長度

圖解二十二

這類型的演出效果是穩步向上的，有些笑話也許會獲得效果相同的反應，但絕不會比之前的笑話獲得明顯減少的笑聲。演出就應該這樣，一步一步獲得更大的笑聲，最後在最大的笑聲時結束。

吊床策略

吊床策略是把一些較弱的或有風險的笑話放在已經驗證過效果的和真正好的笑話或段子之間，採用這種安排的原因有幾個：

- 如果你在嘗試新笑話，而在講之前已經令觀眾發笑了，新笑話就有機會獲得不錯的反應。就算新笑話徹底沒效果，後面緊跟著的強笑話也會讓表演回到正軌。
- 如果你想嘗試與觀眾互動，選擇在兩段效果比較好的笑話之間進行，能讓你帶著好效果開始，然後全身而退。如果互動失敗了，還能回到正軌上；如果做得不錯，就可以繼續互動。記住，你的任務是搞笑，不是純粹做一場表演。
- 當你需要占滿時間，例如，僅有二十五分鐘的好段子，卻預訂了一個四十五分鐘的演出，這時就需要把所有想得到的東西都放進去。你是藝術家，挑戰自己是非常好的，但壓力會非常大。而其中一個能延長表演時間的方法，就是把不夠確定的笑話用吊床策略安排，讓它們被強笑話包圍，就能持續獲得笑聲。

與性相關的笑話放到最後

在編排演出內容時，還有一些事項值得考慮：人們對於與性相關的笑話，會比與性無關的笑得更大聲，因此，應該在演出快結束時才安排與性相關的笑話。看看李察・普瑞爾的表演，他在結束時總是說一些男性生殖器的笑話，再看看傑・雷諾（Jay Leno）在《今夜秀》的節目獨白，有九成都會用與性相關的笑話博得滿堂笑聲，然後結束表演。

這不是指你應該以猥瑣的笑話來結束演出，與性相關的笑話是可以做到歡樂而不下流的。但不管是歡樂還是猥瑣，用與性相關的笑話來為你的表演作結尾吧！

有爭議的笑話用於結尾或靠近結尾

爭議的笑話往往在觀眾已經接受你的情況下才會獲得較好的效果，有些笑話如果用來開場，反而會讓觀眾對你產生疏離感。要它們有效果，必須是和觀眾成為朋友之後才行。

有了這些規則，我把其餘的笑話安排成了一段表演。在瀏覽這些笑話時，感覺可以找到關於我在郵局的故事線，最後再以我跟郵局員工的衝突作為結束。

為了合理化這個故事，得找到一個去郵局的理由，如此一來，其他在郵局的笑話才能相應地發生，這代表要寫一個新的介紹來開始這段表演。下面是我想出來的方式：

昨天，我去郵局買郵票，排在一條長隊中，那隊伍快要排到地平線盡頭了。為了自娛自樂一下，我開始想，為什麼郵局發行的郵票上只有像軋棉機或蒸汽機那些老式的發明，

嘿，為什麼就不能有一些現代的重要發明呢？比如說隆乳？它們可以成為世界上第一款成雙成對發行的郵票。當然，男人們會把郵票的兩面都舔一舔。然後，我注意到牆上張貼著一張猙獰的臉部特寫照片⋯⋯通常你們把這叫作什麼？

（我在引誘某個觀眾回應：「大頭貼」或「犯罪照片」或「通緝海報」，然後我就可以說：）哦，當月最佳員工。也許我們現在對郵局的人太苛刻了，他們其實挺有效率的，我是說他們用槍的時候。嘿，他們的口號就是這樣啊：無論風霜雨雪，還是昏天黑地都阻止不了他們的子彈。但我不理解的是，怎麼會有這麼多郵局的人被同事殺掉？他們應該是被滿腔怒火的顧客殺掉才對。聽我抱怨了這麼多郵局的事情，一名郵局員工跟我說：「你不能侮辱我們郵局員工。」我說：「為什麼不行？」他說：「因為我們知道你住在哪裡。」我說：「千萬別雇殺手來對付我哦，我還怕你把他送錯地址呢！」

由於「我們知道你住在哪裡」這個笑話獲得了最大的笑聲，我決定以此作為結束，就這樣吧！這段表演仍需要更多的打磨，但這就是目前能做到最好的樣子了。

當然，你也可以只待在家裡摸索，但想真正有效地評價一場表演，唯一方法就是上臺。

再次排練和表演

為了強調打磨演出是一個循環的過程，我把這個方法也包括進來。現在演出有了一個新的版本，我會再次進入排練

流程，然後去某個俱樂部表演幾次，再次回顧表演，然後再重新打磨。

盡可能多去俱樂部表演，表演得越多，表演就會越好，回饋越多，也才能更瞭解哪些地方可行，哪些地方行不通。

剛開始每一、兩場演出之後就需要改編、重寫笑話和重新安排，但當你表演了很多次以後，需要大幅修改的部分會越來越少，很快就可以開始打磨自己的表演技巧，懂得如何讓每一個笑話都獲得巨大笑聲，並像一個職業演員發光發亮。

附錄 1

笑話寶藏練習題

　　拿出一張紙，把下面的鋪陳填進橫線中，然後為以下三個鋪陳都各寫一個笑點。

　　我開車穿越了一個私有住宅區。
　　我被困在醫院一個星期。
　　在父親節的時候，我帶我的父親出門。

1. 選擇一個鋪陳，列出各種假設：「對於這個說法我有什麼樣的假設？」
   鋪陳：＿＿＿＿＿＿＿＿＿＿＿＿＿＿＿＿＿＿＿＿＿
   假設：＿＿＿＿＿＿＿＿＿＿＿＿＿＿＿＿＿＿＿＿＿

2. 選擇一個目標假設，找出連接點：「是什麼使我產生這個目標假設的？」
   目標：＿＿＿＿＿＿＿＿＿＿＿＿＿＿＿＿＿＿＿＿＿
   連接點：＿＿＿＿＿＿＿＿＿＿＿＿＿＿＿＿＿＿＿＿

3. 列出幾個對連接點的再解讀：「除了目標假設以外，還有哪些針對這個連接點的再解讀？」
   再解讀：＿＿＿＿＿＿＿＿＿＿＿＿＿＿＿＿＿＿＿＿

4. 選擇一個再解讀，完成故事二：「關於這個鋪陳，有什麼具體的情景可以解釋我的再解讀？」

　　鋪陳：_____

　　再解讀：_____

　　故事二：_____

5. 寫一個可以解釋這個故事二的笑點：「在鋪陳之餘，還需要什麼資訊來講清楚我的故事二？」

　　鋪陳：_____

　　笑點：_____

附錄 2

笑話地圖練習題

A.列出主題（單個話題、包含「錯誤」、不含觀點）：
「有什麼事情是我認為錯誤，卻又很有興趣談論的呢？」
主題：＿＿＿＿＿＿＿＿＿＿＿＿＿＿＿＿＿

B.挑一個主題，再列出一個聯想清單：
「關於這個主題，我能想到的事情有哪些呢？」
主題：＿＿＿＿＿＿＿＿＿＿＿＿＿＿＿＿＿
清單：＿＿＿＿＿＿＿＿＿＿＿＿＿＿＿＿＿

C.創作一些笑點前提（限縮範圍、負面觀點、不含具體例子）
「關於聯想清單中的細節，我有什麼負面觀點呢？」
笑點前提：＿＿＿＿＿＿＿＿＿＿＿＿＿＿＿

D.為每個笑點前提創作一個鋪陳前提（對立的觀點）
「我選定的這個笑點前提，它的對立觀點是什麼？」
＿＿＿＿＿＿＿＿＿＿＿＿＿＿＿＿＿＿＿＿＿

E.選擇一個鋪陳前提，並寫出一系列鋪陳
「有什麼例子或者說法能表達我的鋪陳前提？」
鋪陳前提：＿＿＿＿＿＿＿＿＿＿＿＿＿＿＿
鋪陳：＿＿＿＿＿＿＿＿＿＿＿＿＿＿＿＿＿

帶著這些鋪陳再去練習笑話寶藏（附錄1）

附錄 3

視角練習

選擇一個爭論：

◎在你和一個成人之間發生

◎對方必須是一位你能演繹的人

◎爭論必須是面對面發生（不是講電話）

◎有多個議題

筆記：＿＿＿＿＿＿＿＿＿＿＿＿＿＿＿＿＿＿

第一輪：僅本人視角

◎你在和誰爭論？

◎爭論在哪裡發生？

◎你們在爭論什麼？

◎三至四分鐘

◎開始

筆記：＿＿＿＿＿＿＿＿＿＿＿＿＿＿＿＿＿＿

第二輪：僅角色視角

◎選擇一個不同的聲音和姿態

◎站在本人視角對面

◎從角色視角的觀點出發

◎三至四分鐘

◎開始

筆記：_____

第三輪：本人視角和角色視角

◎兩個視角間距離約一步

◎演繹角色視角時，改變你的聲音和姿態

◎讓笑點自然流露出來

◎四至五分鐘

◎開始

筆記：_____

第四輪：本人視角、角色視角和敘述者視角

◎確定本人視角、角色視角、敘述者視角的舞臺位置和觀眾
　位置

◎以敘述者視角對觀眾講話，建構場景

◎在本人視角和角色視角之間來回轉換

◎五至六分鐘後，跳出到敘述者視角做一些評價

◎六到八分鐘

◎開始

筆記：_____

附錄 4

排練流程單

請用以下列笑話進行排練：

1.「為什麼芭蕾舞舞者都要用指尖跳舞？他們應該直接找高
   一點的舞者啊！」
2.「我押的馬跑太慢了……牠贏了下一場比賽。」
3.「我老婆說我太愛到處打聽事情……至少我打聽到她都在
   日記裡這樣寫我。」
4.「我不敢相信，那天我倒著跑步竟然增加了三公斤多！」
5.「我吃素並非因為是動物愛好者，而是因為非常討厭植
   物。」

你也可以試試自己的笑話！

階段一：準備

指定批評者位置（■）和創造者空間（●）

■選擇一個要排練的笑話或段子

■確認是什麼樣的體驗引發了這個笑話

　　「為了讓自己對這個笑話有感覺，我應該有什麼樣的體
　驗？」

■探索體驗的細節

　　「在這次體驗中有誰，或者暗示有誰？」「這次體驗發生
　在哪裡？」

☐ 決定如何再現體驗

「我想如何再現這個體驗？」

階段二：再現體驗

☐ 演繹本人視角

「我在這次體驗中扮演什麼角色？」

☐ 評估

「我演繹本人視角的方式能讓我對這個笑話有感覺嗎？」

☐ 演繹角色視角

「在這次體驗中，其他人或物是如何表現的？」

☐ 評估

「我對角色視角的演繹方式能讓我對這個笑話有感覺嗎？」

☐ 演繹敘述者視角

「我想用什麼樣的描述方式？」

☐ 評估

「我對三個視角的演繹方式能讓我對這個笑話有感覺嗎？」

階段三：練習表演

☐ 決定如何將體驗傳達給觀眾

「我想如何演繹三個視角來表演出這個笑話？」

☐ 表演笑話或段子

☐ 評估表演

「我有沒有簡潔有序地把體驗傳達給觀眾，同時又保持了笑話的結構？」

附錄 5

脫口秀術語表

故事一（1st Story）：觀眾根據笑話的鋪陳在腦海中想像出來的情形，或是已存在於大眾腦中、代替鋪陳的常識

故事二（2nd Story）：觀眾根據笑話的笑點在腦海中想像出來的情形，或是已存在於大眾腦中、藉由笑點喚醒的常識

喜劇四大表演地點（4 Cs of comedy gigs）：俱樂部（clubs）、大學（colleges）、郵輪（cruise ships）、公司（corporations）

A 級笑話（"A" material）：在整個段子或表演中，最好笑的笑話

A、B、C 分級（ABCs）：在段子或表演中，評分笑話的標準

視角演出（act out/scene work）：在喜劇表演中的場景表演一個或多個視角

即興（ad-lib）：在有準備稿子的表演中現場編笑話

過氣（aged out）：老脫口秀演員找不到表演機會，因為年輕觀眾不看他們的表演了

不同解讀（alternative interpretations）：與目標假設有不同意義、用途的連接點列表，其中一個會成為笑話的再解讀

假設（assumption）：1. 觀眾認為故事一會沿著預定的故事

線進行而產生的預期；2. 人們在當下沒有體驗到的事情

拍手空檔（applause break）：觀眾為笑話或段子拍手的空檔

B 級笑話（"B" material）：在整個段子或表演中，第二好笑的笑話

B、C、A 表演順序（BCAs）：最有效果的笑話、段子排列方式，先放 B 級笑話、接著 C 級笑話，最後用 A 級笑話做結尾

停頓（beat, take）：暫停，為了保持喜劇節奏而停下來

表演式笑話（behavioral jokes）：角色選擇用非言語式方式，例如情緒、心理狀態、肢體語言和聲音來表達

脫口秀段落（bit）：一場脫口秀或脫口秀主題的一部分，一個短主題或脫口秀段落的一部分

黃色笑話（blue material）：有露骨的性暗示、粗俗字句和髒話的段子

冷場（bomb/die, to/dying/flopping）：表演脫口秀時很少、甚至沒有人笑；場面僵掉

俱樂部老闆（booker）：雇用或者付錢給脫口秀演員在俱樂部講段子的人

登記（booked）：得到喜劇工作

預約（booking）：喜劇演員被雇用進行表演

自帶觀眾（bringer）：喜劇俱樂部需要喜劇演員自己募集觀眾以賺取舞臺時間

被擠掉（bumped, to get）：上臺時間往後延，或甚至不能上

臺表演

C級笑話（"C" material）：在整個段子或表演中，效果最弱的笑話

反覆、扣題（callback）：在笑話中提到之前講過的笑話；常常是在不同的時空背景把原來的笑話再表演一次

兜底段子（capper）：較老的術語，一個主題下最後可用來結束主題的最有效果的笑話

標誌性名言（catchphrase）：脫口秀演員將一句普通的話以不普通的方式講出來，從而變成自己的標誌

角色視角（character POV）：扮演其他人或事物時所處的感知角度

乾淨笑話（clean material）：電視可以播放，不含咒罵字眼的笑話

壓軸演員（closer/headliner）：表演實力足以做為最後結尾的表演者，通常是明星脫口秀演員

收尾笑話（closing line）：一場脫口秀表演的最後一個笑話，應該要能引起爆笑

喜劇演員（comedian）：以喜劇角色去娛樂他人並以此為生的人

喜劇節奏（comedy timing/comic timing/iming）：節拍、韻律、停頓等，用於提升笑話效果，或者在具體表演中使用，請見內文第十章「非洲舞和非洲鼓」故事

脫口秀演員（comic）：以講段子、笑話去娛樂他人並以此維

生的人

老套做法（**comic's clichés**）：在各式喜劇表演中被濫用的語句和習性

連接點（**connector**）：位於一個笑話的中間，至少有兩種解讀，一種解讀方式構成目標假設，另二種解讀方式呈現再解讀

麥克風線（**cord, mic cord**）：連接麥克風的電線

蟋蟀聲（**crickets**）：講了一個冷場的笑話，觀眾的反應安靜到都能聽到蟋蟀聲音

批評者位置（**Critic Spot**）：用於評估表演的位置，需和創造者空間區分開

即興互動（**crowd work, riffing**）：調侃觀眾

爆場（**crush, to/kick comedy butt or ass/kill, to**）：進行精彩的脫口秀表演

表演技巧（**delivery**）：表演喜劇的技術

表演成雙（**double up**）：一個晚上在兩間喜劇俱樂部表演

插隊（**drop in**）：當一名知名喜劇演員臨時進入喜劇俱樂部，可以直接上臺表演

取消（**drop out, a**）：喜劇演員從上臺排列順序中刪除

尖銳笑話（**edgy material**）：剛好在傷害線上，卻不會造成不可收拾後果的笑話內容

主持人（**emcee/host/M.C.**）：介紹表演者上臺的人

中間演員（**feature/middle**）：在由三個脫口秀演員表演的標

準脫口秀演出中,第二個上臺的演員

笑話文件夾(gag file/joke file):放笑話和段子的文件夾

哏(gag):笑話

恐笑症(gelotophobia):害怕被取笑的病症

商演(gig):商業表演

圖形展示(graphing):一種透過在紙上標記座標來評估段子效果的工具,可利用此工具確定笑話在主題或表演中的放置位置

演員休息室(green room):演員在表演之前待的地方

彩排時間(guest set):喜劇俱樂部禮貌性提供五到十分鐘的時間,給表演者現場試排表演內容

老掉牙內容(hacky):過度使用的主題、喜劇演員的陳腔濫調

吊床策略(hammock, to/sandwich, to):一種技巧,把較弱的笑話放到兩個較強的脫口秀笑話或段落中間

起鬨者(heckler):大聲說話干擾表演的觀眾,通常會和脫口秀演員相互辱罵彼此

傷害線(hurt line):將喜劇變為鬧劇的主觀心理界限

模仿(impressions):演出知名人物

即興表演(improv/improvisation):類似即興(ad-lib),但通常指整段脫口秀或喜劇表演都是基於現場和觀眾的互動而臨時創作

內部笑話(inside Joke):只有特定群體的人才能理解的笑

話

笑話（joke）：一種幽默表達方式，利用鋪陳的目標假設誤導觀眾接受故事一，再用笑點的再解讀產生故事二打破目標假設

笑話圖解（Joke Diagram）：用來解釋笑話結構的一種視覺輔助方法

笑話地圖（Joke Map）：笑話探勘器寫作系統的第一部分，從話題開始，創造笑點前提，形成鋪陳前提，最後寫出笑話鋪陳

笑話寶藏（Joke Mine）：笑話探勘器寫作系統的第二部分，利用笑話的目標假設、連接點和再解讀機制寫出笑點

笑話探勘器（Joke Prospector）：笑話寫作系統，包括兩部分：笑話地圖和笑話寶藏

荒誕；狂熱粉絲（jokey）：1. 痕跡太明顯的笑話的形容詞，聽完這樣的笑話後甚至可以想像到緊接著出現一聲樂器敲擊的背景音；2. 脫口秀演員的瘋狂粉絲

雷射光束（laser beam）：從笑話引發的爭論場景

每分鐘笑聲數（laughs per minute, LPMs）：用來計算表演中笑聲次數的評量工具，簡稱 LPM

下臺燈號（light, the）：告知演員表演時間已結束

下臺指示（light, get the）：當演員得到下臺燈號，表示表演必須結束了

上臺名單（line-up）：要上臺表演的脫口秀演員名單

抽選表演（lottery open mic）：表演順序由抽籤方式選出

麥（mic）：麥克風的簡稱

麥克風架（mic stand）：可調整高度的麥克風擺放裝置

麥克風連接器（mic jack）：能將電線連接上麥克風的插頭

麥克風撇步（mic technique）：正確掌握或移動麥克風、麥克風架和電線的方法

獨白（monologue）：一個人講話，在喜劇領域，指的是單個脫口秀演員的脫口秀稿

敘述者視角（narrator POV）：身為一個體驗的觀察者或非參與者的感知角度

神經語言程式學（Neurolinguistic Programming, NLP）：簡稱 NLP，由約翰・格林德（John Grinder）和理查・班德勒（Richard Bandler）所創立，包含一系列技巧和技術的行為模型，是對思想結構的一種研究和定位追蹤

巡演（on the road）：在演員所在城市之外巡迴演出

一句式笑話（one-liner）：只由一、兩句話構成的笑話

一句式笑話節奏（one-liner timing）：當笑聲到達顛峰，數四拍再開始講下一個鋪陳

單晚表演（one-nighter）：只有一個晚上的工作

開放麥（open mic）：讓所有人都能上臺表演並鍛練脫口秀能力的活動

開放麥演員（open micer）：頻繁參加開放麥的表演者

開放位置（open spot）：喜劇表演順序中，未被填入的空位

開場演員（opener）：在由三個脫口秀演員表演的標準脫口秀演出中，第一個上臺的演員

開場笑話（opening line）：主題脫口秀中的第一個笑話

支薪常規演員（paid regular）：頻繁於喜劇俱樂部表演，且每場表演都會得到報酬的喜劇演員

慫恿觀眾（pander to an audience）：當喜劇演員使用低俗的素材使觀眾感到開心，並為段子鼓掌，且當中不包含演員本人意見和搞笑語調

暫停（pause）：表演中停止講話，以提升節奏感

創造者空間（Performer Space）：用來排練表演的一個位置，需和批評者位置（Critic Spot）區分開

通告（P. O.）：演員的表演、曝光機會

通告經紀人（P.O. agent or manager）：負責預定、安排演員表演機會

視角（POV/POVs）：觀點角度

前提（premise/joke premise/routine premise）：能引發一系列笑話、段子或一段主題脫口秀的核心概念

展演（preview/showcase）：為了獲得經驗或被潛在雇主發掘而表演脫口秀，通常不收費或者費用很便宜

道具喜劇演員（prop comics）：使用道具來表演的喜劇演員

笑點（punch/punch line）：笑話的第二部分，包含一個創造故事二的再解讀，打破鋪陳的目標假設

笑點前提（punch-premise）：笑話地圖中的一個步驟，對主

題中的一個觀點的負面意見

加寫（punch up）：為已寫好的段子增添更多笑話和連續笑點

結束信號（red light）：最強烈的下臺信號，要求演員立即結束表演

常駐表演者（regulars）：俱樂部裡定期進行表演的脫口秀演員

葛瑞格‧迪恩的排練流程（Rehearsal Process, Greg Dean's）：將笑話或段子場景化的一種方法，接著使用敘述者、本人和角色視角將記憶中的畫面、聲音和感受表演出來，表演者可藉此講出完整故事，而不是只有死記硬背

再解讀（reinterpretation）：笑點的一個機制，揭示連接點意料之外的解讀，用於打破目標假設

再解讀（複數，reinterpretations）：關於連接點的多種不同解讀，是目標假設之外的解讀

底（reveal）：笑點中的關鍵字、短語或動作，揭示故事二的再解讀

三段式韻律（rhythm of three/rule of three）：笑話的鋪陳中，有兩個相同類別的詞組，以及包含可並存，卻有些不同之第三項事物的笑點

互動（riff）：調侃觀眾

取笑（rip/rip into/ripping）：攻擊、侮辱或調侃起鬨的觀眾或者冷場的演員，通常是被取笑的人咎由自取

巡迴表演（road work）：必須在各地進行喜劇表演的一項工作

巡迴表演者（road comic）：到各地表演喜劇的職業喜劇演員

巡迴經紀人（road agent or manager）：負責預定、安排喜劇演員巡迴演出行程的人

吐槽（roast）：用笑話使特定人物感到羞愧，並以此做為致敬的一種方式

連續笑話（roll, on a）：講一連串的笑話，讓觀眾不斷地持續發笑

主題脫口秀段子（routine）：同一個主題的笑話，通常可以定期重複表演

多次反覆（running gag）：多次使用反覆（callback）；同一場表演多次出現的段子

串詞（segue）：從一個段子過渡到另一個段子，或者從一個主題過渡到另一個主題時的過渡性內容

本人視角（self POV）：表演時做為參與體驗的本人的感知角度

一段脫口秀（set）：任意長度的脫口秀

段子列表（set list）：提醒演出段子順序的列表

鋪陳（setup）：笑話的第一部分，包含一個目標假設來誤導觀眾接受故事一

鋪陳前提（setup-premise）：笑話地圖中的一個步驟，與笑

點前提相反的觀點，用來寫出鋪陳

打破（shatter）：跟笑話結構有關，觀眾意識到自己的假設錯誤的那一刻

演藝俱樂部（showcase clubs）：會有十個或十個以上喜劇演員連續登臺的喜劇俱樂部

滑稽場面（shtick）：依地語，通常用在喜劇或商業場景中，常用來指耍一些小花招或表演式喜劇

視覺哏（sight gag）：需要觀看的肢體笑話

簽到（signups）：需要表演者預先登記的開放麥活動，在抽籤後即能決定該晚的表演順序

順上順下（smooth on and smooth off）：由喜劇演員傑里·賽恩菲爾德創造的詞，指能保持表演順利的最佳上、下臺方式

舞臺時間（stage time）：脫口秀演員在舞臺上逗觀眾笑的時間，以分鐘為單位

待在段子裡（stay in the bit）：在觀眾笑的時候，停止說話，並維持在與講該笑話時一樣的情緒和心理狀態

撐場（stretch, to）：直到技術、後臺問題解決之前，由主持人登臺娛樂觀眾

連續笑點（tag/tag line/topper）：在一個笑點之後再加上的後續笑點，無需新鋪陳

連續笑點節奏（tag timing）：在大爆笑之後，趁觀眾吸氣時表演一個簡短連續笑點，並重複

喜劇表情（take, a）：喜劇演員的臉部反應

播報員（talking head）：單純記住笑話，並幾乎不帶有情感和動作來表演的喜劇演員

目標假設（target/target assumption）：笑話鋪陳中的誤導性假設，用於創作故事一，會被再解讀打破的假設

表演成仨（triple up）：一個晚上在三間喜劇俱樂部表演

時間檔（time slot）：脫口秀演員在表演俱樂部上臺名單中所占據的表演時段

主題（topic）：一段針對某個問題的單個或整體脫口秀話題

時事笑話（topical jokes）：與熱門事件相關的笑話

傳統喜劇俱樂部（traditional comedy clubs）：由開場演員、中間演員和壓軸演員做節目編排的喜劇表演場地

無酬常規演員（unpaid regular）：頻繁於喜劇俱樂部表演以賺取經驗，但不會得到報酬的喜劇演員

全方位表演者（variety performers）：以多項才能表演喜劇的演員，例如：雜耍、吉他、魔術、腹語等

週間商演（week gigs）：於星期日至星期四進行的喜劇表演

週末商演（weekend gigs）：於星期五、星期六，甚至星期日進行的喜劇表演

國家圖書館出版品預行編目資料

喜劇大師的13堂幽默課：好萊塢首席脫口秀編劇的教戰手
冊／葛瑞格・迪恩(Greg Dean)著；程璐, 馮立文, 梁海源譯.
-- 初版. -- 臺北市：商周, 城邦文化出版：家庭傳媒城邦分
公司發行, 2019.11
　　面；　　公分
譯自：Step by step to stand-up comedy
ISBN　978-986-477-737-2（平裝）

1.劇本　2.喜劇　3.寫作法
812.3　　　　　　　　　　　　　　　　　108015533

喜劇大師的13堂幽默課：好萊塢首席脫口秀編劇的教戰手冊

作　　　者／葛瑞格・迪恩（Greg Dean）
譯　　　者／程璐、馮立文、梁海源
責 任 編 輯／黃筠婷
版　　　權／翁靜如、林心紅、黃淑敏
行 銷 業 務／林秀津、王瑜、周佑潔

總　編　輯／程鳳儀
總　經　理／彭之琬
事業群總經理／黃淑貞
發　行　人／何飛鵬
法 律 顧 問／元禾法律事務所 王子文律師
出　　　版／商周出版
　　　　　　台北市104中山區民生東路二段141號9樓
　　　　　　電話：(02) 2500-7008 傳真：(02) 2500-7759
　　　　　　E-mail：bwp.service@cite.com.tw
發　　　行／英屬蓋曼群島商家庭傳媒股份有限公司城邦分公司
　　　　　　台北市104中山區民生東路二段141號2樓
　　　　　　讀者服務專線：0800-020-299　24小時傳真服務：(02) 2517-0999
　　　　　　讀者服務信箱E-mail：cs@cite.com.tw
　　　　　　劃撥帳號：19833503　戶名：英屬蓋曼群島商家庭傳媒股份有限公司城邦分公司
訂 購 服 務／書虫股份有限公司客服專線：(02) 2500-7718；2500-7719
　　　　　　服務時間：週一至週五上午09:30-12:00；下午13:30-17:00
　　　　　　24小時傳真專線：(02) 2500-1990；2500-1991
　　　　　　劃撥帳號：19863813　戶名：書虫股份有限公司
　　　　　　E-mail: service@readingclub.com.tw
香港發行所／城邦（香港）出版集團有限公司
　　　　　　香港灣仔駱克道193號東超商業中心1樓
　　　　　　Email：hkcite@biznetvigator.com
　　　　　　電話：(852)2508-6231　　傳真：(852)2578-9337
馬新發行所／城邦(馬新)出版集團【Cite (M) Sdn. Bhd.】
　　　　　　41, Jalan Radin Anum, Bandar Baru Sri Petaling, 57000 Kuala Lumpur, Malaysia
　　　　　　電話：(603)90578822　　傳真：(603)90576622　　Email：cite@cite.com.my

封 面 設 計／徐璽工作室　　　電 腦 排 版／唯翔工作室
印　　　刷／韋懋實業有限公司
總　經　銷／聯合發行股份有限公司　電話：(02) 2917-8022　傳真：(02) 2911-0053
　　　　　　地址：新北市新店區寶橋路235巷6弄6號2樓

■ 2019年11月28日初版　　　　　　　　　　　　　　　　Printed in Taiwan
■ 2023年12月28日初版4.7刷

Step by Step to Stand-Up Comedy - Revised Edition
Copyright © 2000 by Greg Dean
Complex Chinese edition copyright © 2019 by Business Weekly Publications, a division of Cité Publishing Ltd.
This edition arranged with Scott Edelstein Literary Agency, scott@scottedelstein.com.
All rights reserved.

Chinese Translation Copyright © 2018 CHEERS PUBLISHING COMPANY
本書中文譯稿由 CHEERS PUBLISHING COMPANY 授權使用

定價／380元
ISBN：978-986-477-737-2

城邦讀書花園
www.cite.com.tw

版權所有・翻印必究